작은 목소리, 빛나는 책장

도쿄 독립 서점
Title 이야기

작은 목소리, 빛나는 책장

도쿄 독립 서점 Title 이야기

쓰지야마 요시오 지음
정수윤 옮김
사이토 하루미치 사진

2023년 1월 6일 초판 1쇄 발행

펴낸이 한철희 | 펴낸곳 돌베개 | 등록 1979년 8월 25일 제406-2003-000018호
주소 (10881) 경기도 파주시 회동길 77-20 (문발동)
전화 (031) 955-5020 | 팩스 (031) 955-5050
홈페이지 www.dolbegae.co.kr | 전자우편 book@dolbegae.co.kr
블로그 blog.naver.com/imdol79 | 트위터 @Dolbegae79 | 페이스북 /dolbegae

편집 이하나
표지 디자인 김민해 | 본문 디자인 이은정·이연경
마케팅 심찬식·고운성·김영수·한광재 | 제작·관리 윤국중·이수민·한누리
인쇄·제본 상지사 P&B

ISBN 979-11-91438-97-0 (03830)

책값은 뒤표지에 있습니다.
KOMCA 승인 필.

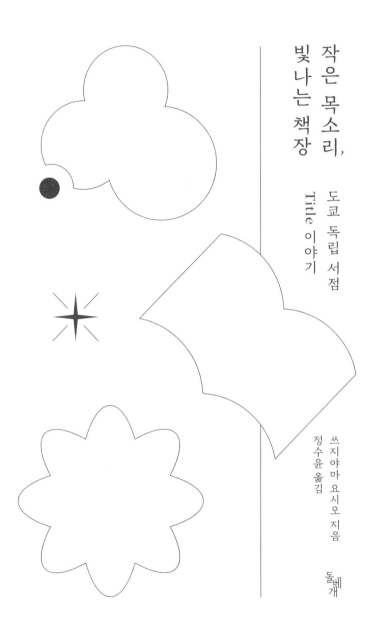

작은 목소리, 빛나는 책장

빛나는 책장

도쿄 독립 서점 Title 이야기

쓰지야 요시오 지음
정수윤 옮김

돌베개

한국의 독자 여러분께

안녕하세요. 이 책을 펼쳐주셔서 고맙습니다. 도쿄 오기쿠보에서 서점 Title을 운영하는 쓰지야마 요시오라고 합니다. 일본어판 표지는 서점 앞 간판을 디자인해 만들었는데 한국어판 표지는 어떻게 나올까요?(이 글은 책이 완성되기 직전에 썼습니다.)

제가 쓴 글이 한 권의 책이 될 때마다 언제나 신비로운 기분에 사로잡힙니다. 작가란 어디인가 멀리 존재하는, 재능 많고 훌륭한 사람이라고 생각했거든요(저는 특별한 재능이 없을뿐더러 훌륭하지도 않습니다). 하지만 이렇게 글을 쓰면서 제 자신에게 한 발 한 발 다가가고 있다고 느낍니다. 이것이 한 권의 책이 될 가치가 있을까 하는 의문은 들지만, 서점을 열고 생계를 꾸려나가면서 눈앞에 닥친 상황을 곰곰이 고민해보는 시간을 갖게 되었습니다.

『작은 목소리, 빛나는 책장—도쿄 독립 서점 Title 이야기』는 도쿄 외곽에 위치한 작은 서점에서 바라본 정점 관측입니다. 1장은 책과 서점에 대하여, 2장은 마음에 남은 일들에 대하여, 그리고 3장은 신종 코로나 바이러스로 달라진 일상이 테마입니다.

서점에는 매일 다양한 사람들이 찾아옵니다. 작은 해프닝이 벌어지는 것은 흔한 일이죠. 한참 후 다시금 떠올리며 이런저런 생각을 한 적도 꽤 많았습니다. 얼핏 보면 어디에나 있을 법하고 별다를 게 없어 보이지만, 유심히 살펴보면 다른 곳에서는 볼 수 없는 독특한 일들이 매일 벌어지고 있습니다.

그리고 이러한 상황은 당신이 살고 있는 마을, 당신이 살아가는 삶의 방식에서도 마찬가지겠지요. 평범한 하루하루를 잘 살아내는 일이 자기도 모르는 사이에 보편성으로 이어집니다. 그러한 놀라움을 온몸으로 느끼며, 저는 늘 일하고 있습니다.

얼마 전부터 한국에는 '독립 서점'이 많이 생기고 있는데, 일본도 그런 분위기입니다. 이웃한 두 나라가 서로 약속이나 한 듯이 비슷한 움직임 속에 있다는 점이 매우 흥미롭습니다. 책과 언어의 매력에 이끌려 서점을 여는 사람들이 바다 건너에도 있다는 사실. 그것만으로도 저 같은 소상공인에게는 든든한 힘이 됩니다.

　한국도 그러할지 모르겠지만, 지금 일본은 오래전부터 이어온 개인 상점들이 전국 유통 체인점에 자리를 내어주고, 어느 마을이나 엇비슷한 풍경이 펼쳐지고 있습니다. 분명 밝고 편해지기는 했지만, 그런 가게를 보고 있으면 인간과 인간 사이에 반드시 있어야 할 감정 교류가 희박해지고 있다는 기분이 듭니다.

　그러나 우리는 소비자이기 이전에 한 사람의 인간입니다. 우리가 사는 마을에 우리를 한 사람의 인간으로 대해주는 장소가 없다면, 우리는 앞으로 어떻게 살아가야 할까요? BUY BOOK BUY LOCAL. 로컬이라는 느슨한 유대를 다시 한번 진지하게 생각해볼 때가 아닌가 싶습니다.

　저의 '작은 목소리'가 바다를 건너, 먼 곳까지 가닿게 되어 대단히 기쁘고 자랑스럽습니다. 세계적으로 팬데믹이라는 고통스러운 시기를 극복하고, 우리의 교류가 하루 빨리 활발해지기를 진심으로 바랍니다.

2022년 12월

쓰지야마 요시오

차 례

책에 대한 것, 서점에 대한 것

스쳐 지나간 것들

팬데믹 시대의 서점

책에 대한 것,

서점에 대한 것

서점은 '동적 평형,'

매일 서점에는 그날 출간된 신간이 들어온다. 상자를 열고 표지나 크기, 손에 쥘 때 느낌 같은 것을 확인하며 책이 놓일 자리를 결정한다. 잘 팔릴 듯한 책, 잘 팔아보고 싶은 책은 입구 매대에 놓는다. 금방 팔리지 않을지도 모르지만 그 장르에 관심이 있는 사람은 오래 곁에 두고 읽을 만한 책은 서가 앞으로……

책을 안고 서점을 걷는 동안에도 다양한 사람이 들어온다. 대부분은 출판사에서 배송된 짐을 운반하는 택배 기사님이지만, 가끔은 오픈 시간을 착각하거나 그 시간까지 기다리지 못하고 유리문을 똑똑 두드리는 사람이 있다. 그러면 문을 열고 우선 이렇게 전한다.

"안녕하세요. 영업은 12시부터입니다."

그래도 개의치 않고 멀리서 왔다거나, 그냥 책 한 권만 사 가겠다며 안으로 쓱 들어오기도 한다.

매대에 놓는 책은 매일 조금씩 구성이 달라진다. 주로 최근 출간된 신간이지만, 꾸준히 팔리는 책은 1년 내내 변함없이 잘 보이는 곳에 둔다.

대형 출판사, 진중한 전문 서적 발행처, 개인이 직접 제작한 독립 출판물 등 요즘은 책을 펴내는 곳도 다양하다. 공통점은 모두 '책'이라고 불린다는 것뿐이다. 책을 둘 곳은 한계가 있기 때문에, 새로 입고한 신간이 책꽂이에 다 들어가지 않을 때는 꽤 오랫동안 움직임이 없는 책들을 솎아내 반품한다.

후쿠오카 신이치의 저서 『동적 평형』에 따르면, 인간의 신체를 구성하는 세포는 끊임없이 파괴되었다가 만들어지며 빠른 속도로 교체된다고 한다. 그렇다면 지금 여기 있는 '나'는 어제와 같은 사람처럼 보여도 세포 단위로는 결코 같지 않다.

서점도 마찬가지여서 겉보기에는 어제와 같은 서점

처럼 보여도 그 안에서는 끊임없이 다른 책들이 책꽂이에 들고 난다. 단 하루도 같은 날이 없다.

폐점 시간은 정해져 있기에 미처 진열하지 못한 책이 있으면 서가 아래 수납함에 넣어 안 보이게 정리한다. 매장을 깔끔하게 관리해두면 약간 신경 쓰이는 부분이 있더라도 나머지는 책들이 알아서 서로 작용하여 자연스레 흐름이 생겨난다.

내 생각에 서점은 인간의 몸과 비슷하다. 책이 팔리면 거기 구멍이 생기는데, 그 구멍은 금세 다른 책으로 채워진다. 상처가 어느 틈엔가 메워지는 것처럼.

그렇게 책이 순환하는 가운데 점주가 해야 할 몫은, 흐름을 거스르지 않고 한 권의 책이 하는 일을 지켜보는 데 있다.

행복의 신

Title처럼 작은 서점에는 사람이 전혀 오지 않는 시간이 있다. 그때마다 비가 오니까, 날이 추우니까, 월급날이 다가오니까 하고 사람이 오지 않는 이유를 생각나는 대로 꼽아보지만, 그런다고 상황이 바뀔 리도 없다. 그 상태가 지속되면 아무래도 풀이 죽을 수밖에 없고, 이대로 영원히 아무도 오지 않는 게 아닐까 하는 생각이 들기 시작한다.

그날도 언제나처럼 12시에 문을 열었는데, 그 후로 들어오는 사람이 없었다. 한번은 누가 들어오는가 싶었는데 택배 기사님이어서, 미안하지만 나도 모르게 한숨을 푹 내쉰 적이 있다.

침묵은 의식하면 무거워진다. 멀리서 들려오는 자동차 엔진 소리와 내가 딸가닥딸가닥 키보드 두드리는 소리 외에는 아무 소리도 나지 않는 잔잔한 상태가 길게 이어졌다. 기분 전환을 위해 안쪽 카페로 가서 직접 커피를 내리고는, 천천히 마시면서 창밖으로 길 가는 사람들을 바라보다 카페에 있던 아내에게 물었다.

"어째서 아무도 안 올까?"

아내가 입술을 비죽이 내밀며 흐음 하는데 출입문이 열렸다.

종종 찾아오는 젊은 남성이었다. 평소에는 찬찬히 둘러보고 소설 한두 권을 사 갔는데, 오늘은 서가를 제대로 둘러보지도 않고 한 바퀴 빙 돌더니 곧장 여섯 권을 가지고 왔다.

남성의 행동이 평상시와 달랐기에 어쩐 일이냐고 말을 걸었다.

"내일 이사를 가거든요. 부모님 집 근처인 가나가와로 일터를 옮겼습니다. 도쿄에서 그리 멀지는 않지만, 이사 가기 전에 갖고 싶었던 책을 전부 사 가려고요……."

남성에 대해서는 서점 손님이라는 것 말고 아는 게 아무것도 없었다. 하지만 멀리 떠난다니 허전한 기분이 들었다. 응원한다고 하자 "그동안 고마웠습니다. 근처에 오게 되면 또 들르겠습니다." 하는 말만 남기고 산뜻하게 돌아섰다. 한번 움직이기로 마음먹은 사람은 저렇게 미련 없이 돌아서는 것이리라.

남성이 떠난 뒤 이윽고 손님이 북적이기 시작했다. 사람이 사람을 부르는 건 자주 있는 일이다. 그가 들어온 덕택에 서점에 손님이 꼬리에 꼬리를 물고 들어온 것인지도 모른다. 그러고 보니 이야기를 나눈 건 처음이었다.

깃발을 꽂다

서점을 준비할 때 일이다. 화가 nakaban 씨가 히로시마에서 도쿄로 온다기에 니시오기쿠보역에서 만나기로 했다. nakaban 씨에게는 서점 로고와 내부 이미지 제작을 의뢰했다.

카페에서 만난 뒤 둘이서 정처 없이 기치조지까지 걸었다. 마땅한 매물이 없다는 고민을 털어놓았더니, 그럼 지금부터 찾아보러 가자고 나섰다.

가을이 깊어가던 어느 쌀쌀한 날이었다. "이런 곳에 서점이 있으면 멋있겠네요."라거나 "쓰지야마 씨의 서점은 루이지 기리의 사진에 나올 법한 공간이 되지 않을까요."라는 말을 들으며 좁은 골목을 걸었다. 그때는 nakaban 씨의 말에 곧장 환하게 대답할 수가 없었다.

"그렇다 해도 매물이 나오질 않으니……."

다른 말을 더 하지는 않았지만 생각보다 준비가 더디다는 데서 오는 초조함도 있었으리라.

기치조지에 있는 점포 용품 전문점에서 카페용 식기를 보는데, nakaban 씨가 다른 용무가 있다면서 돌아갔다. 정신을 차려보니 상당히 긴 시간이 흘러 있었고 벌써 해도 지려 했다.

"아……, 쓸쓸하네."

홀로 남겨져 텅 빈 상점을 둘러보는데, 정말로 내가 서점을 할 수 있을까 싶은 불안감이 엄습했다.

그러던 어느 날, 인터넷 부동산 사이트에서 조금 특이한 매물 정보를 발견했다. 오기쿠보에 있는 지은 지 70년 정도 된 독채였는데, 외관은 소위 간판 건축(20세기 초 일본에 보급된 2층 규모의 중소 상점 건물―옮긴이)이었다. 그리고 월세가 파격적으로 저렴했다.

전면에 동판을 붙인 점이 특색 있었다. 직접 가보고는 곧바로 마음이 끌렸다. 길에서 바라보니 건물이 존재했던 시간의 흔적이 고스란히 전해졌다. 돈으로는 살 수 없는 분위기가 있었다.

단 하나 마음에 걸리는 것은 역에서 멀다는 점이었다. 보통 서점은 사람이 수시로 드나드는 역 앞에 있는 경우가 많다. 과연 이렇게 외진 곳에서 장사가 될까.

고민 중에 nakaban 씨에게 메일이 와서, 며칠 전 발견한 매물에 관한 이야기를 답장에 써서 보냈다. 아직 사람들에게 말할 단계는 아니었지만, 누군가의 의견을 꼭 들어보고 싶었다.

아주 당연한 일을 스스로는 좀처럼 깨닫지 못할 때가 있다. nakaban 씨는 답신에 '제가 장사에는 문외한이지만, 쓰지야마 씨가 깃발을 꽂은 곳이라면 다들 좋아하지 않을까요.'라고 썼다.

그래.

새로운 상점이 생긴다는 것은 0에서 1이 되는 일이다. 어디에 서점을 열든 우선은 깃발을 꽂아야 한다. 이 세상 어딘가에 나의 깃발을 내걸고, 바람에 펄럭펄럭 나부끼게 하자…….

개인이 내건 깃발은 분명 작을 테고 높다랗게 펄럭이지는 못하리라. 그러니 역 앞 빌딩 사이에 있는 것보다는, 조금 외지더라도 전망이 있는 편이 누구에게나 잘 보인다. nakaban 씨의 한마디가 '서점 만들기'라는 구체적인 이미지를 세우게끔 했다.

　나중에 서점을 열고 nakaban 씨가 처음으로 방문했을 때, 감사의 인사를 건넸다. 그때 그 한마디가 없었더라면, 지금 이곳에 서점이 생기지 않았을지도 모른다고.
　그 이야기를 들은 nakaban 씨의 반응은 "내가 그런 소리를 했던가?"였지만.

북스큐브릭

맨 처음 후쿠오카 서점 북스큐브릭에 간 것이 언제였는지는 기억나지 않는다. 다만 명성은 익히 들어 알고 있던 터라, 서점에 첫발을 들였을 때 기분은 지금도 생생하다.

이렇게 작구나.

나무로 된 마룻바닥을 밟고 안으로 들어서며 제일 먼저 그런 생각을 했다. 서점을 한 바퀴 빙 둘러보는 데 10초면 충분해 보였고, 손님이 몇 명만 들어와도 통로를 오가기 쉽지 않을 것 같았다. 하지만 책들을 보니 한 권 한 권 제목에 눈길이 가 자연스럽게 마음이 끌렸다.

정성스럽게 고르고 골라 진열했다는 증거다.

소란스러운 텐진 거리를 빠져나오면, 길 가는 사람들 연령대도 높아지고 차분한 마을 분위기가 펼쳐진다. 서점은 '게야키 거리'라고 이름 붙인 길 초입에 자연스럽게 스며들어 있었다. 멀리서 놀러 오는 손님도 있지만 그 마을에 사는 사람도 많아서 독특한 분위기를 자아냈다.

들어서자마자 가장 눈에 띄는 곳에는 이런 서점치고는 흔치 않게 『초등학교 1학년』이나 『코로코로 코믹』 같은 아동 잡지가 놓여 있었다. 동네 사람들이 사러 오는 것이리라.

바람이 잘 부는 곳이었다.

점주 오오이 미노루 씨는 게야키 거리에 이어 후쿠오카 외곽 하코자키에도 서점을 차렸다. 그쪽은 공간이 널찍해서 카페와 베이커리를 병행한다.

"서점 안에서도 행사를 열고 싶었거든요."

매년 후쿠오카에서 열리는 책 페스티벌 '북쿠오카'를 창설한 오오이 씨다운 말이었다. 게야키 거리에서 펼쳐지는 헌책 거리, 도쿄에서 작가를 초청한 북 토크, 크고 작은 도서 관련 상점들과의 제휴……. 그렇게 복잡하고 스케일 큰 축제가 개인이 운영하는 작은 서점을 중심으로 이루어진다는 게 처음에는 믿기지가 않았다. 오오이 씨는 동료들의 선두에 서서, 책과 서점이 지닌 가능성을 누구도 생각해보지 않은 방식으로 드러내고 있었다.

　오오이 씨는 내가 서점을 열 때도 상담을 해주었는데, 그런 이야기를 나누는 곳은 언제나 하코자키 지점의 카페였다. 여행객처럼 보이는 젊은이나 근처에 사는 듯 보이는 노부부 등등 다양한 사람들이 천천히 오고 가는 모습을 보고 있으려니, 이 서점이 규슈에서 맡고 있는 역할이 느껴졌다.

　하지만 무엇보다 지금 내 기억에 남아 있는 것은 그때 오오이 씨가 말해준 서점 오픈 전의 초조함, 그리고 게야키 거리에서 매물을 발견했을 때 '번개를 맞은' 듯했던 충동이다. 모든 것은 바로 그 공간에서 시작되었다.

　북스큐브릭이 큰 존재로 성장한 지금도, 게야키 거리의 작은 서점이 변함없이 그곳에 있다는 사실에 나는 어쩐지 용기를 얻는다.

뒤따라오는 이들의 시선을 느끼며

　　　　　인기척에 서점 안으로 시선을 돌리니, 어린이책 출판사에서 일하는 I 씨가 만면에 미소를 머금고 서 있었다. 그 뒤에서 슈트 차림의 신입 사원 여성 두 명이 긴장한 얼굴로 고개 숙여 인사했다.

"자, 명함 꺼내."

출판사나 책 도매상에서는 신입 사원 연수의 일환으로 거래하는 서점을 돌며 책이 팔리는 현장을 둘러보곤 한다. 아, 벌써 그런 계절이 왔구나. 회사 다니던 시절이 떠올라 그리워졌다.

대형 서점에 몸담았을 때는, 직원이 늘 100명 넘게 있었다. 그때 나는 '매니저'로 불렸고 많은 직원들을 이끄는 입장이었다. 무언가를 알려주기보다는 각자 맡은 임무를 하며 함께 일한다는 감각에 가까웠다. 각 층 매장은 각기 다른 담당자가 만들어갔기 때문에, 서점을 돌며 판매보다는 책에 대한 이야기를 주로 했다.

서점에는 매뉴얼을 따르는 일과 그러지 않는 일이 존재한다. 결과를 보면 매뉴얼을 벗어난 일에서 차이가 드러난다. 대부분의 조직은 사람을 관리하려는 성질이 있지만, 매뉴얼을 벗어나는 개성적인 일은 관리와는 거리가 멀다. 체계적인 시스템으로 접근하려는 순간, 쭉쭉 뻗어나가던 작업이 갑자기 확 수축되는 경우를 그동안 수차례 목격했다.

매뉴얼로 만들 수 없는 일을 전수하기 위해서는, 실제로 그 일을 하는 생생한 모습을 보여주는 수밖에 없다. 한번은 직속 후배에게 이런 소리를 들었다.

"선배는 일이 항상 즐거운가 봐요. 좋겠어요."

조금은 어이가 없었지만, 그건 내가 언제나 이상으로 삼아온 모습이었기에 꿈을 이뤘구나 싶어 내심 기뻤다.

자발적으로 일을 하도록 이끌면서 가끔씩 느낀 점을 말해주면, 그 사람만이 할 수 있는 개성적인 작업이 탄

생한다. 나에게 비꼬는 말을 했던 그 후배 직원도 자기가 좋아하는 작가를 불러 북 토크를 기획하는 등, 어느새 스스로 성과를 올리게 되었다.

지금 서점에는 일을 도와주는 아르바이트생이 몇 명 있지만, 그리 긴 시간 일을 하지는 않는다. 서점을 찾아오는 젊은이들 가운데 여기서 일하면서 서점 일을 배우고 싶다는 이들도 있지만, 죄송한 마음으로 모두 거절한다.

하지만 이렇게 책을 파는 일 자체가 누군가를 몸소 만나지는 못하더라도 격려하는 일은 될 수 있겠다는 생각을 요즘 들어 하고 있다. 책 관련 직업은 조직이나 직종이라는 좁은 틀을 뛰어넘어 이어지기 마련이기에 어디에 있더라도 닿을 사람에게는 닿으리라.

직접 가르치는 후배는 없지만 뒤따라오는 이들의 시선을 느끼며, 오늘도 일하고 있다.

작은 자유

프란츠 카프카의 『성』은 성에 고용된 측량기사 K가 아무리 시간이 흘러도 성 안으로 들어가지 못하고, 보이지 않는 누군가에 의해 이리저리 휘둘리는 미로와 같은 소설이다. 지금으로부터 100년도 더 전에 쓰인 이야기지만 개인이 거대한 조직에 괴롭힘을 당하고, '책임자 부재', '담당자 부재'라는 말로 외면받는 모습은 마치 현대사회를 예언한 것처럼 보인다. 어떤 문제가 발생해도 아무도 책임지지 않으며, 사건은 안갯속에 갇힌 듯 흐지부지되어버린다.

회사를 그만두고 혼자 서점을 운영하기 시작한 이유
는, 모든 것이 나의 책임으로 귀결되는 지속 가능한 장
소를 만들고 싶었기 때문이다. 대형 서점에서 일할 때는
한 지점에 적응했다 싶으면 이동해야 했고, 회사의 사정
으로 나도 모르는 사이에 폐점이 결정되는 일까지 있어
서 내 의지와 달리 일이 일정하게 쭉 이어지지 않는다는
딜레마를 느꼈다.

　　어느 지점이 문을 닫게 되었는데 후배 직원에게 그
이유를 설명하지 못한 채 입을 꾹 다물고 있었더니 "하
긴 윗선에서 결정한 일이니 어쩔 수 없죠." 하고 그 친구
가 오히려 더 쉽게 체념한 적이 있었다. 큰 조직에서는
누구나 동등하게 무력하며, 일종의 체념이 몸에 배지 않
으면 마음이 버티지 못하는 경우도 생기리라.

　　규모는 작아도 내가 책임지고 꾸려나가는 공간이 아
니면 의미가 없다.

　　그런 생각으로 서점을 시작했다. 다른 누구의 눈치도
보지 않고 내가 좋다고 믿는 책을 진열할 수 있고, 무언
가 이상하다고 느낀 일은 그 자리에서 거절할 수 있다.

　　서점을 열었을 때, 영업을 마치고 아무도 없는 매장
에서 이 공간을 끝낼 수 있는 사람은 나뿐이라는 사실을
절절히 깨달았다. 아주 단순하지만, 내가 처음으로 손에

넣은 작은 자유였다.

물론 나의 서점이므로 어떤 문제가 생겼을 때 그걸 해결해줄 다른 누군가가 있을 리 없다. 회사에서는 내 잘못으로 누군가를 화나게 만들었다고 해도, 나를 대신해 사과를 해줄 사람이 있었다. 하지만 개인 영업점은 무슨 일이 생겨도 최종적으로 사건을 마무리할 수 있는 건 그 상점의 점주뿐이다.

마음이 이끄는 대로 간다면 그곳이 길이다.

이는 개인 경영의 좋은 점이기도 하고, 그 상점이 오래가기 위한 비결이기도 하다. 업무량은 늘고, 육체적으로도 직장 생활보다는 힘이 들지만, 그래도 계속할 수 있는 까닭은 이 작은 자유가 나와 잘 어울리기 때문이리라.

○씨의
야구모자

그게 누구든, 정기적으로 오던 손님이 보이지 않으면 무슨 일이 있나 하고 불안해진다. 그 손님이 나이 많은 분이라면, 또 조금 다른 종류의 불안이 싹튼다.

어느 잡지를 매달 정기 구독 하던 여성이 있었다. 먼저 전화를 넣지 않아도 발행일마다 잡지를 가지러 왔는데, 그때는 한 달이 넘도록 그대로였고 벌써 다음 호가 출간되었다. 혹시 몰라 전화를 걸었더니, 생각지도 않게 남성 목소리가 흘러나와 가슴이 철렁 내려앉았다.

아아…….

그 남성의 목소리를 듣는 순간, 무슨 일이 있었는지 대번에 이해가 갔다. 수화기 너머로 "아내는 얼마 전에 세상을 떠났습니다. 지금까지 감사했습니다."라는 정성스러운 인사가 들려왔다.

저기요, 거짓말이죠. 아직 그런 나이도 아니고(겉보기로는 예순 정도였다), 얼마 전까지 그렇게 건강했는데……. 그 여성을 잘 아는 것은 아니었지만, 마음이 동요되어 한동안 일이 손에 잡히지 않았다.

○ 씨는 언제나 오려낸 신문 조각이나 도서관에서 써 왔다는 메모를 한 손에 들고 책을 주문하러 왔다. 퇴직 후 자원봉사를 하고 있다며 복지 관련 책이나, 젊은 시절 좋아했던 근대 문학 등 한꺼번에 너덧 권씩 사 갔다. 집 근처에 이런 곳이 생겨서 기쁘다고, 맨 처음 방문 때 한 말을 기억한다.

한번은 석 달 정도 ○ 씨가 안 보이던 시기가 있었다. 걱정하던 차에 어느 오후 ○ 씨가 서점을 찾았다.

오랜만에 본 ○ 씨의 모습은 다른 사람인가 싶을 정도로 마른 데다 머리에는 챙이 있는 야구 모자를 깊이 눌러 쓰고 있었다. 그 순간 나는 기가 꺾여 목소리도 제대로 나오지 않았지만, ○ 씨는 의연하게 "책을 주문해도 될까요?” 하고 언제나처럼 말했다. ○ 씨가 내민 메모는 글씨가 흔들려 읽기 어려웠지만, 나는 아무렇지도 않은 얼굴로 마음을 진정시키며 제목을 받아 적었다.

그 뒤로도 ○ 씨로부터 두세 번 주문이 있었다. 책을 받으러 오는 사람은 ○ 씨가 아닌, 아내나 가족 중 누군가로 그때마다 바뀌었다. 마지막 주문은 사회주의 관련 책이었는데, ○ 씨는 그 두꺼운 책을 아직도 읽는구나 하고 생각하며 출판사에 주문 전화를 했다.

그런 주문도 끊기고 반년 이상 흘렀을 무렵, 부인이 서점으로 찾아왔다. “남편은 세상을 떠났습니다. 그 사람은 마지막까지 여기서 책 사는 걸 좋아했어요.” 부인은 웃으며 그렇게 말하고는, ○ 씨라면 사지 않았을 미술관 가이드북을 사서 돌아갔다.

그래요. 오시지 않기에 그럴 거라고 생각은 했는데요…….

목구멍까지 올라온 말은 가슴속에 묻어두기로 했다. 부인은 지금도 종종 서점을 찾아준다.

"여기 있는 책은 잘 모르겠어."

서점 운영자로서는 실격인지도 모르겠으나, 손님 얼굴을 좀처럼 기억하지 못한다. 이야기에 맞장구를 치는 와중에도 이 사람 누구였더라 하는 일이 종종 생긴다. 말을 걸었는데 의아한 표정을 짓는다 싶었더니, 내가 생각했던 사람이 아니었던 경우도 더러 있었다.

아내에게 그 이야기를 하자 "서점에는 분위기가 닮은 사람들이 주로 오잖아." 하고 대답했다. 분명 어떤 상점을 좋아해서 자주 찾는 사람들은 비슷한 취미와 취향을 갖고 있고, 그 사람이 처한 환경도 비슷할지 모른다. 개인 매장은 진열된 물건에 점주의 개성이 반영되는 경우가 많기에 아무래도 상점 안에 비슷한 공기가 조성되기 쉽다.

그래서인지 '약간 다른' 사람이 들어오면 곧장 눈에 띈다. 목소리 크기가 다르고, 입고 있는 옷이 다르고, 서점 안을 둘러보는 시선이 다르다……. 대개 그 사람 자신도 마음이 불편해서 곧장 나가버리는데, 드물게 말을 거는 경우도 있다.

예전에 서점 안을 한 바퀴 돌고는 나를 똑바로 보며, "여기 있는 책은 잘 모르겠어."라는 말을 남기고 나간 손님이 있었다. 그 태도에서 '나는 이 서점에 있는 책을 잘 모르겠지만, 바보 취급을 받고 싶지는 않다.'라고 하는 인간으로서의 자긍심이 전해졌다.

거리에 상점을 낸다는 건 싫든 좋든 나와 '약간 다른' 인생을 사는 사람을 만나는 일이다. 갑작스러운 말이라 대답은 하지 못했지만 신기하게도 기분이 나쁘지는 않았다. 말은 안 해도 이웃에 사는 사람들이 이 서점에 대해 그렇게 느낄 수도 있고, 그런 마음을 말로 남긴 건 모르는 척하는 것보다 낫다고 생각했기 때문이다.

손님은 가고 싶은 서점을 고를 수 있고, 서점 입장에

서도 와주었으면 하는 손님을 선택할 수 있다. 우리는 그렇게 말없이 서로를 고르고 선택하며, 그 결과 아주 가까웠던 인생도 어느새 왕래조차 없는 먼 사이가 되기도 한다…….

책을 고를 때마다 항상 무언가가 마음에 걸린다. 때로는 내가 선택하지 않은 인생이 너무도 맑고 깨끗해 보여서 견딜 수가 없다.

엎질러진 물이다

새 책을 사들일 때는 이 사람과 이 사람은 꼭 살 것 같다는 식으로 구체적인 얼굴을 떠올리며 권수를 결정하곤 한다. 물론 서점은 나 혼자만의 상점이 아니기에 내가 생각한 사람이 반드시 여기서 책을 사리라는 법은 없지만, 그 사람을 상상하며 들여놓은 책을 바로 그 사람에게 건넬 때는 약간의 쾌감이 있다.

기자라 이즈미 씨의 소설이 출간되었다. 대표작인 『어젯밤 카레, 내일의 빵』을 사람들에게 추천한 적도 많고, 서평에서도 수차례 언급한 작가라 서점에 들이고 싶은 신간이었다.

미리 예약 가능한 출판사의 책은 출간 당일에 희망하는 권수가 들어오지만, 그렇지 않은 출판사의 책은 나중에 주문해야 한다. 이번 신간도 출간 당일 입고는 어렵고 빨라도 며칠은 걸려야 들어왔다.

그 와중에 기자라 이즈미 씨의 『어젯밤 카레, 내일의 빵』과 『잔물결의 밤』을 모두 구매한 N 씨가 서점에 나타났다. '저런, 지금 기자라 씨 신간 없는데.' 하지만 N 씨는 다른 책을 손에 들고 계산대로 와서 결제를 한 후 아무 말 없이 돌아갔다.

다행이다.

그리고 며칠이 흘러, 드디어 신간 『그림자 로봇』이 도착했다. 당장 살 사람이 몇이나 될까 싶어 우선은 세 권을 들였다. N 씨가 머릿속에 스쳐서 한 권 빼두려다가 딱히 주문이 있었던 것도 아니고, 이런 일로 N 씨에게 부담을 주기 싫어서 세 권 모두 서가에 꺼내놓았다.

들여온 그날 한 권이 팔리고 그다음 날 또 한 권 팔렸다. 재고가 있을 때 한 번이라도 서점에 와준다면, 그 사람에게 의리를 다했다고 할 수 있다. N 씨가 얼른 와주면 좋겠다고 속으로 생각하던 와중에 며칠 뒤 서가에 꽂

책에 대한 것,
점에 대한 것

39

아두었던 마지막 한 권이 팔리고 말았다.

 N 씨가 서점을 찾은 것은 그날 밤이다. 한참 서가를 둘러보던 N 씨가 계산대로 다가와 정중하게 물었다. "그러고 보니 최근에 기자라 이즈미 씨의 신간이 나왔나 보던데, 지금 재고 없을까요?"

 타이밍이 좋지 않은 순간은 실제로 존재한다. 그러나 한번 서점에 풀어놓은 책의 행방은, 아무리 후회해도 이미 내 손을 떠났기에 묘연할 뿐이다.

쭉, 서점에 있다

얼마 전, 도쿄 요요기 서점 고후쿠쇼보가 아쉽게도 문을 닫았다. 폐점 당시 많은 손님들이 몰려들어 뉴스가 되기도 했으니 아는 사람은 알지도 모르겠다. 점주 이와다테 유키오 씨가 쓴 『고후쿠쇼보는 40년 반짝이는 서점이어야 해!』라는 책에서 이런 글을 발견했다.

'—쭉 카운터에 서 있어요. 내내 서서 하루를 보냅니다. 마을 사람들은 그 모습을 보며 마음이 놓이지 않을까요. 늘 그런 생각을 합니다.'

이 책에 따르면 고후쿠쇼보의 영업 시간은 오전 8시

부터 밤 11시까지였다. 40년 가까이, 새해 첫날을 뺀 364일을 이와다테 씨 부부와 남동생 부부 네 사람이서 꾸려왔다고 한다. 책에는 아무렇지 않은 일처럼 언급되어 있었지만 매일 정해진 시간에 서점을 열어야 한다는 압박감 속에 용케도 가족끼리 유지를 했구나 싶어 고개가 절로 숙여졌다.

어느 날 밤, 서점 행사를 진행하러 온 분이 찬찬히 내부를 둘러보더니 이렇게 말했다.

"하루 종일 여기 계시는 겁니까? 저는 도저히 못 할 것 같은데요."

Title처럼 작은 서점 점주는 아침에 배달된 책을 서가에 진열하고, 밤에 마감할 때까지 하루의 거의 대부분 시간 동안 카운터를 떠나지 않고 지킨다. 수수하기 그지없다. 활동적인 사람에게는 견딜 수 없이 단조로워 보이리라.

설령 작은 서점이라 해도 해야 할 일은 산더미고, 실제로는 단조롭다고 느낄 여유도 없다. 오히려 점주가 그곳에 있는 것 자체가 중요하다고, 서점을 꾸려가며 깨닫게 되었다.

점주가 꾸준히 거기 있으면 마을에 안정감을 주고 일

관된 흐름을 안겨준다. 서점을 일정한 모습으로 이어나 간다면, 거기에 어울리는 책과 사람은 굳이 찾아 헤매지 않더라도 자연스럽게 모여들기 마련이다.

이와다테 씨는 '쭉 카운터에 서서' 마을 한구석을 밝 게 비추었던 것이다. 이와다테 씨가 있으니 오늘은 서점 에 들르자. 고후쿠쇼보가 영업하는 동안 그렇게 생각하 는 사람도 많았으리라.

그런 서점이 사라진다는 것은 그곳을 밝히던 거리의 불빛이나, 아른거리던 온기가 사라지는 일이기도 하다. 그리고 그 온기는 다른 누가 대신할 수도 없다. 그러고 보면 상점은 자기 공간처럼 보여도, 결코 자기 혼자만의 것은 아니다.

부드러운 손길

Title의 문을 연 첫날 아침, 마음 깊은 곳은 기대와 불안으로 가득했다. 전날 밤까지 오픈 준비에 쫓겼다. 나로서는 최선의 서점을 만들었지만, 혼자 마음대로 시작한 서점을 과연 손님들이 찾아줄지 어떨지 자신이 없었다.

오픈 전에 분위기를 살피러 밖으로 나가봤더니, 이미 기다리는 손님이 열 명쯤 있었다. 오픈 시간에는 그 수가 더 늘었다. 셔터를 올리고 손님들이 안으로 들어오자 서점은 갑자기 생명을 불어넣은 듯 색이 짙어졌고, 그 공간의 공기가 생기 있게 움직이기 시작했다.

전날까지는 이 순간을 기다리고만 있던 무거운 공기가 일시에 어디론가 사라졌다. 손님으로 붐비는 서점을 보고서야 비로소 아아, 내가 서점을 열었구나, 하는 실감이 마음 깊은 곳에서 솟아났다.

며칠 전 행사 일로 구마모토에 있는 다이다이서점 점주 다지리 히사코 씨를 만나 대화를 나누었다. 다이다이서점은 권수가 많지는 않아도 구석구석 정성이 느껴지는 쾌적한 서점이다. 자주 오는 기회는 아닐 듯해 서점 이전 전후에 변함없이 같은 서점이라고 생각하는 이유가 무엇이냐고 조심스럽게 물었다(다이다이서점은 구마모토 지진 후 이전했다). 다지리 씨는 잠시 고민하더니 이렇게 말했다.

"서가 앞에 서 있는 손님들을 보고 같은 서점이라고 생각했습니다."

책의 구성이나 서가라는 대답을 예상했는데, 서점에 있는 손님을 보고 그렇게 느꼈다는 대답에 놀라움을 금치 못했다. 역시 이 사람은 신뢰할 수 있겠다 싶어 자연스레 미소가 지어졌다.

유명 서점이 사람들을 매료시키는 진열을 했다고 해도, 그 책을 뽑아 드는 손님이 없으면 거기 있는 책은 장식에 불과하리라. 생각해보면 다지리 씨는 멀리서 일부러 찾아오는 손님부터 가까운 단골손님까지, 서점을 찾는 모든 사람들에게 골고루 신경을 썼다. 언젠가 다지리 씨의 서점에 갔을 때, 카운터에서 단골손님과 대화를 나누면서도 쭈뼛쭈뼛 서가를 보고 있는 한 남성을 슬며시 신경 쓰던 모습을 기억한다.

그 시선은 그리 부담스럽지 않으면서도 부드럽게 따라오는 손길처럼 보였다. 그 손길은 다지리 씨가 무엇을 중요하게 생각하며 일하고 있는지를 대변해주었다.

서점을 열고 세월이 꽤 흘렀지만, 첫 손님이 들어왔기에 그날 하루가 시작되었다는 생각은 변함없다. 손님이 들어오지 않는 동안에는 서점이면서도 서점이 아닌, 그 무엇도 아닌 상태다.

책을 운반하는 노동자들

아침에 서점으로 와보니 문과 셔터 사이에 그날의 짐이 도착해 있었다. Title에서 다루는 신간 대부분은 서적 도매상을 통해 들어온다. 전국 서점에 진열되는 책도 이렇게 겉으로는 보이지 않는 사람들의 노동으로 운반된다.

서적 도매상 일을 하는 사람을 개인적으로 몇몇 아는데, 그들 대부분은 자기 일을 그저 담담히 해나간다. 출판사나 서점에서 일하는 사람처럼 책 한 권을 깊이 있게 이야기하는 경우는 드물고, 주요 관심사는 어떻게 하면 책을 조금이라도 빨리 전국에 배포할 것인지에 맞추어져 있다.

　장인의 기질은 어디에서 올까. 그것은 수십 개나 되는 상자에 차곡차곡 책을 담으며, 자기 손으로 한 권 한 권 세어나가는 육체노동과 관계가 있는지도 모른다.

　서적 도매상을 말할 때 가장 먼저 생각나는 사람은 가와토 야스유키 씨다. 가와토 씨는 진보초에 있는 작은 전문 서적 도매 회사를 거쳐, 지금은 독립해서 쓰바메 출판 유통이라는 개인 도매 회사를 경영하고 있다.

　며칠 전 가와토 씨와 북 토크에서 대화를 나눌 기회가 있었다. 찬찬히 이야기를 나누는 건 20년 만이었다. 오래전 그와 함께 일한 시기가 있었다. 대학 졸업 후 대형 서점 입사를 앞두고 졸업 전 3개월 동안 일을 익히기 위해 본점 창고에서 아르바이트를 했는데, 거기서 가와토 씨를 만났다.

　도심의 대형 서점에는 매일 대량의 책이 들어오고 나간다. 우리가 매입이라고 부르는 일의 이면에는 각각의 서적 도매상과 출판사에서 운송된 책을 매장 각 층으로 분류한 뒤 수레에 싣고 옮기는 작업이 있다. 본점 창고는 건물 주차장 한구석에 있었다. 여름이면 수건 없이는 흘러내리는 땀을 주체할 수가 없었고, 겨울에는 두툼한

패딩 점퍼를 입지 않으면 추워서 견딜 수가 없었다.

당시 가와토 씨는 철학과 영화를 좋아했고, 나는 주로 문학을 읽었다. 쉬는 시간이면 우리는 그런 이야기를 나누었다. 지식인이라고 할 수 있는 그에게서 지금도 '노동자'라는 세 글자가 가져다주는 풍모를 느끼는 것은, 그런 환경에서 함께 일한 시절이 있었기 때문이리라.

가와토 씨는 북 토크를 하면서 번드르르한 말 대신 "내가 하는 일은 노동이니까."라고 거듭 말했다.

"쓰지야마 군의 집에 갔을 때, 책꽂이에 있는 CD를 보고 기본은 갖추었다고 생각했었어. 블루스는 로버트 존슨부터 꽂혀 있었고……"

그러고 보니 같이 일할 때, 일과가 끝나면 목욕탕에서 가와토 씨를 자주 만났다(둘 다 직장에서 가까운 조시가야에 살았다). 그때마다 "어, 안녕하세요." 하고 인사 정도만 했을 뿐 딱히 무슨 이야기를 하지도 않았지만, 서로 간섭하지 않고 일하는 사이인지라 마음이 편했다.

서적 도매상은 한 번 계약한 서점과 웬만한 일이 아니고서는 끝까지 간다. 그것은 그들이 책을 운반하는 시스템 그 자체이며, 어떤 의미에서 이해타산보다는 사명

감을 우선시하는 증표라고 생각한다.

책의 세계에서 앞으로 서적 도매상은 효율화의 파도를 가장 먼저 맞이하게 될 직종이리라. 새로운 시스템에 과연 '노동자'가 설 자리가 남아 있을 것인가.

방관자는 되고 싶지 않다

　　　　　얼마 전 출간된 『신초45』
(2018년 10월호)에 LGBT를 향한 차별 감정을 일으키는
기고가 실렸다. 그 일이 순식간에 SNS로 퍼져나가 여러
미디어에 보도되었다.

　그 후 발행처인 신초샤가 사과를 하고 『신초45』는 휴
간에 들어갔지만, 잡지의 시시비비를 넘어서 앞으로 신
초샤가 출간하는 책은 취급하지 않겠다고 선언하는 서
점도 나왔다. 일련의 사건을 지켜보며 새삼 이 시대에
책을 판다는 일의 어려움을 실감했다.

서점은 거리에 열린 공간이다. 누구나 자유롭게 들어오고 나갈 수 있으며, 돈을 내지 않더라도 마음 내킬 때까지 머물 수 있다. 요즘 시대에는 보기 드물게 너그러운 장소다.

하지만 아무리 큰 서점이라 해도 세상 모든 책을 들여올 수 없는 한, 그곳에 놓인 책에는 자연히 그 서점만의 필터가 끼워진다. '편향성'이라는 이름의 그 필터는 서점의 매상이나 주장이 드러난 것일 수도 있고, 서가를 담당하는 사람의 지극히 개인적인 취향이 반영된 것일 수도 있다.

즉, 어떤 서점이든 한쪽으로 치우치기 마련이다.

나는 본래 들이고 싶었던 책을 자유롭게 진열하고, 그 책을 필요로 하는 사람에게 전달하고 싶어서 서점을 열었다. 책을 파는 일은 물건을 취급하는 일인 동시에, 물건에 실린 사상을 취급하는 일이기도 하므로 서점에 놓인 책들은 글쓴이의 생각과 함께 파는 이의 편향된 생각을 전달하기도 한다.

그러니 어떤 이유에 따라 서점에 놓인 책과 파는 사람의 생각 사이에 모순이 커지면, 매장은 차츰차츰 뒤죽박죽이 되어간다. 그러다 보면 언젠가 서점을 지속할 의미를 빼앗기고 만다.

어떤 상점에서 물건을 사는 행위에는 그 상점의 태도에 표를 던진다는 의미가 포함되어 있다. 지금 시대는 상품이나 서비스뿐만 아니라 '차별을 선동하는 책을 두고 있지는 않는가.' 혹은 '환경과 노동자를 배려하고 있는가.' 같은 사회문제에 대한 상점의 태도도 소비자들에게 중요하다.

이번 사건은 더 이상 상품이나 편의성만으로는 부족하다는, 우리 사회에서 일어나고 있는 변화를 분명히 보여주었다. 앞으로 장사를 해나가려면 스스로의 태도를 명확히 하고 이를 세상에 드러내는 일이 요구되리라.

'빈곤,에 대하여

요즘 텔레비전 뉴스나 트위터 타임라인을 보면 마음이 차갑게 식는 일이 너무 많아서 나도 모르게 기분이 가라앉는다. Title이 문을 연 지도 벌써 몇 년이 흘렀다. 최근 급속도로 세상을 뒤덮고 있는 '빈곤'은 우리 서점과도 무관하지 않다.

빈곤이라고 하면 돈을 상상할지도 모르지만 여기서 그 문제는 언급하지 않겠다. 사소하지만, 서점에서 모르는 책에 손을 대는 사람이 줄었다는 것도 빈곤 현상 가운데 하나다.

책이나 영화나 여행지 풍경도 마찬가지일 텐데, 일반적으로 지식과 체험의 양이 증가하면 똑같은 것을 보면서도 이해할 수 있는 부분이 늘어나기 마련이다.

그런 까닭에 "들어본 적 없는 책이라서." 하고 미지의 책에 손을 대지 않게 되면, 그 사람에게 보이는 세계는 점차 좁아진다. 이는 그야말로 갈수록 일상 곳곳에서 드러나는 모습이다. 사회가 경제나 효율을 우선시하고 거기 포함되지 않는 것을 잘라낸 결과, 사람들의 사고가 단순화되고 있다.

책은 본래, 이런 빈곤과 정반대에 놓인 것이었다. 어떤 책을 계기로 세계가 이전과 완전히 다르게 보이는 경험을 한 사람이 있을 텐데, 이는 몰랐던 지식이나 감정에 자극을 받아 세계의 해상도가 높아진 까닭이다.

책의 세계에서 쉽고 편한 성질만을 가져오려 한다면 인간의 정서를 건드리고 읽는 이를 뿌리부터 뒤흔드는 책은 경시된다. 그 대신 이해하기 쉽고 수월한 책만 수요가 늘어난다. 간단히 얻은 지식은 쉽게 잊히며, 독자의 내실을 넓혀주기 어렵다. 편리하지만 빈곤한 사회 현상에 책을 둘러싼 세계도 휩쓸리고 있는 것처럼 보인다.

가령 잘 몰라도 조금은 흥미를 느낀 책이 있다면, 우

선 그 책을 펼쳐볼 일이다. 펼쳐서 읽는 행위를 통해 그저 종이 묶음에 불과했던 물체가 '책'으로 인식된다. 그런 미지의 책이야말로 그 사람 자신과 나아가 세계를 풍성하게 한다.

서점 서가에 늘어선 모르는 책은 벽이 아니다. 그것은 끝없이 풍부한 세계다.

쉼보르스카와 양심, 소상공인

지금 내 옆에 『끝과 시작』이라는 시집이 있다. 저자인 비스와바 쉼보르스카는 1996년에 노벨 문학상을 수상했고, 이 시집도 폴란드 문학을 대표하는 책 가운데 한 권이지만, 그리 많이 팔리는 책은 아니다.

하지만 어느 서점에 이 책이 꽂혀 있는 모습을 발견하면, 그 순간 나는 그 서점의 양심을 느낀다. 당장은 안 팔릴 책을 굳이 들여놓는다는 건 거기에 어떠한 마음이 깃들어 있기 때문이리라. 그런 책에서는 숫자로 측정할 수는 없지만 추구하는 세계로 나아가고자 하는 말없는 의지가 느껴진다.

판매 제일주의에 얽매인 서점에서는 이런 책을 매개로 보다 나은 세계로 나아가고자 하는 의지가 느껴지지 않는다. 득실만 따지며 살아가는 사람이 쓸쓸해 보이듯, 매상 효율로만 운영되는 서점은 전체적으로 깊이가 없고 어수선하며 쓸쓸하다.

내가 직접 서점을 운영하게 된 이후로는 일을 하면서 이런 종류의 쓸쓸함을 맛보지 않게 되었다. 개인이 서점을 계속 이어가기 위해서는 매상만큼이나 자기 정서의 안정이 필요하므로 '양심에 어긋나는 일은 하지 않는다.'라는 원칙을 중시하기 때문이다.

며칠 전, 『소상공인을 권하다』의 저자 히라카와 가쓰미 씨가 서점을 찾았다. 히라카와 씨는 『소상공인을 권하다』에서 상점 규모를 줄이고 개인이 책임 있게 맡은 바 일을 다 하는 것이 인구 감소 시대에 그 사람의 행복과 직결된다고 주장했다. 히라카와 씨가 '소상공인'이라는 단어에 새 생명을 불어넣지 않았더라면, 개인이 운영하는 작은 서점을 열 생각은 못 했을지 모른다.

히라카와 씨는 책을 고르고 커피를 마시며 "훌륭하군

요.”라는 말을 남기고 떠났다. 얼마 후 마음 깊은 곳에서부터 기쁨이 차올랐다.

아무것도 몰랐다

처음 서점에서 일을 시작했
을 무렵의 일이다. 언제부터인가 나이가 지긋한 중년 남
성이 말을 걸어왔다. 서점에 자주 출몰하는 데 비하면
카운터로 가서 계산을 하는 일은 거의 없었다. 지금 생
각하면 나한테 접근한 것도 선배 여성 사원들이 상대해
주지 않았기 때문이었다.

오래전 출판사에서 근무했다는 K는 "신입 사원인
가?" "나는 벌써 몇 년 전부터 이 서점에 다니고 있지."
하고 거드름을 피우며 말을 걸었다. 내가 바빠서 제대로
상대해주지 않으면 "연장자 말을 새겨들어야지." 하고

갑자기 몸을 부르르 떨며 화를 내곤 했다.

　그러던 어느 날 K가 "술을 한잔 사겠으니 같이 가자." 라고 했다. 지금이라면 거절했겠지만 그때는 사회인이 되어 무언가 빨리 보여주어야 한다고 조급해 있던 터라, 그런 제안에 약간의 기대를 안고 따라나섰다.

　K가 데려간 곳은 대중적인 이자카야였다. 만나서 대부분의 시간을 자신이 양자로 들어와 살면서 얼마나 힘들었는지, 또 세상 사람들이 얼마나 책을 읽지 않는지 같은 푸념을 들으며 보냈다.

　내가 어서 집에 가고 싶어 한다는 게 얼굴에 다 드러났으리라. K는 갑자기 친밀한 어조로, "하지만 쓰지야마 군은 앞날이 창창해. 책의 세계가 힘들지도 모르겠지만 열심히 해보라고." 하고 타이르듯 말하며 미소 지었다. 일을 시작한 이후로 누군가에게 그런 따뜻한 말을 들은 게 처음이라 그때는 솔직히 기뻤다.

　그리고 얼마 후, 늦게 출근한 어느 날이었다.

　서점에 도착하니 경찰관 몇 명이 보였고 사무실이 소란스러웠다. 근처에 있던 A 씨에게 무슨 일이냐고 물었다. "K가 도둑질을 해서 붙잡혔지 뭐야." A 씨는 한심하다는 표정으로 대답했다.

당시 서점에는 사복 경비원이 투입되어 있었는데, K가 계산하지 않은 잡지를 가방에 집어넣는 장면이 그 사람에게 포착된 것이다. 취조를 통해 이제껏 K가 수차례 책을 훔쳤다는 사실이 새로이 밝혀졌다.

서둘러 매장으로 나가자 경찰에게 붙잡혀 밖으로 끌려가는 K의 뒷모습이 보였다. 고개를 푹 숙인 채 아무와도 눈을 마주치지 않고, 그대로 에스컬레이터를 타고 내려가는 모습이 내가 본 그의 마지막이었다.

서점 일을 하면서, 가끔 K가 생각난다.

나는 결국 그 사람에 대해 아무것도 몰랐다.

상습적인 책 도둑이었다는 것도 사실이었지만, 내게 상냥한 말을 건네주었던 것도 진심에서 우러난 행동이었으리라. K는 원래도 마른 체격이었지만, 그날은 한층 더 말라 보였다. 나는 화가 나기보다 그저 안타까운 마음이었다.

'아저씨'의 등

내가 대형 서점에 입사해 책 파는 일을 시작한 것은 1997년이다. 이미 그때부터 사람들이 책을 사지 않는다는 말이 나돌았지만 주변 분위기는 아직 한가로웠기에, 맨 처음 배속된 100평쯤 되는 서점에는 '사원'이라고 불리는 사람이 일곱 명이나 있었다.

많은 회사가 그랬겠지만, 옛날에는 각 부서에 한 명씩은 '아저씨'가 있었다. 그들은 오늘날 중요시되는 생산성에 비춰 본다면 아무리 좋게 보려 해도 훌륭하다고는 할 수 없다. 남에게 무언가를 가르치는 일도 없었고,

딱히 훌륭한 성과를 거두지도 않았다. 아무튼 '이사'나 '부장'과 같은 직함으로 불리는 사람들과는 달랐다. 때로는 어이없기도 했지만 경계심이 생기지는 않을 만큼 가까운 존재였다.

그러나 시간이 흐르면서, 그들의 얼굴에 피어 있던 미소가 차츰 쓸쓸한 빛을 띠게 되었다.

책이 안 팔리고 회사 실적이 악화되자 그 화살은 그때까지 공존해온 여유로 향했다. 어떤 사람은 자발적으로, 또 어떤 사람은 쫓기듯이 퇴사했고, 회사에서 '아저씨'의 모습이 차츰 사라졌다.

그들이 없어지자 회의의 진행을 훼방 놓는 발언도 사라졌으며, 그동안 당연하게 해왔던 일들이 당연하지 않게 되었다. 그 무렵부터 매장의 책들이 흐트러졌고 배열 방식도 엉망진창이 되어가는 서점을 여럿 목격했다. 아마 그 서점에서도 '아저씨'가 사라졌는지 모른다. 그들은 그들 나름대로 서점에서 누름돌 역할을 하고 있었던 것이다.

며칠 전, 오랜 친구가 서점으로 놀러 왔다. 그는 사무용 기기를 취급하는 회사에서 영업부장이 되었다고 했다. 옛날에는 도저히 그런 높은 지위의 사람이 될 줄 몰랐다. 굳이 말하자면 아저씨 예비 부대 정도라고 할 만한 남자였다. 그 자신도 출세가 어리둥절한지 "……음, 뭐, 약간은 바빠졌을까." 하고 즐거운지 즐겁지 않은지 알 수 없는 말투로 남의 말 하듯 이야기했다.

책은 안 읽는다며, 책을 사는 대신 커피를 한 잔 주문했다. 요즘은 시스템이 금세 바뀌기 때문에 젊은 부하한테서도 많이 배운다고 엷은 미소를 띠며 말했다.

본래 자기 모습대로 살 수 없는 사회는 숨이 막힌다. 우리는 긍정적인 혁신과 맞바꾸어, 스스로의 감정과 인간다움을 자발적으로 '시스템'에 내주고 있는지도 모른다.

목소리를 듣다

요즘은 책 주문이나 일 관련 용건도 거의 다 이메일로 소통한다. 전화벨이 울리는 데도 가벼운 긴장감을 느끼게 되었다. 모르는 사람의 전화 목소리는 실제로 얼굴을 마주하고 이야기할 때보다 타인을 대하고 있다는 느낌이 강하게 든다.

책을 주문하는 손님들도 입고 연락은 전화로 하지 말아달라는 경우가 늘고 있는 걸 보면, 아마도 나처럼 느끼는 사람이 많은가 보다.

실제로 서점에 걸려오는 전화의 절반은 홍보다. 전기

요금, 전자 결제, 간편하게 할 수 있는 판촉 서비스 등 내용도 다양하다. 대부분 전화를 받은 순간, 일상적인 대화에서는 들을 수 없는 새침하고 인공적인 목소리가 들려오기 때문에 이야기를 듣지 않아도 무슨 전화인지 바로 알 수 있다.

그런 전화가 이어지던 어느 날. 나도 질려서 걸려온 광고 전화에 대고 강한 어조로 불만을 제기했다.

"아니요, 2~3분도 들을 시간이 없습니다. 딱히 듣고 싶은 내용도 아니고요⋯⋯."

그렇게 말하자 수화기 너머의 청년은 한동안 침묵하더니 "⋯⋯그러시지요. 바쁘신데 실례가 많았습니다." 하고 차분한 목소리로 전화를 끊었다. 처음에는 나도 화가 나서 기분이 나빴지만, 마지막에 차분하게 사과하는 음성이 그의 진짜 목소리임을 깨닫자 어쩐지 마음이 풀어졌다.

그는 일하면서 자신의 목소리를 억누르고, 리스트에 따라 기계적으로 전화를 하고 있는 것이리라. 이런 익명의 전화는 이 사회가 가진 깊은 병증을 떠올리게 한다. 그 끝에 살짝 닿기만 해도 피로해진다.

"저기, 잠깐 여쭙고 싶은 게 있는데요."

"무슨 일이시죠?"

"이번에 발매된 잡지인데 이름은 잘 모르겠고, 토트백이 부록으로 달려 있는……."

"아, 『○○』는 저희 서점에 없는……."

전화는 거기서 끊기고 말았다. 여성의 목소리에서 벌써 수차례 서점에 전화를 건 듯한 피로감이 전해졌다. 중간에 끊긴 것이 이상한 일도 아니다.

목소리는 얼굴에 드러나는 표정보다도 그 사람의 감정을 있는 그대로 생생히 전달하는 것 같다.

어느 날 일 관련 전화를 끊었는데, 그때 우연히 옆에 있던 아내가 못 참겠다는 듯한 얼굴로 크게 웃었다.

"당신 목소리가 점점 작아지고 있어. 네, 네……, 네………… 하고. 아, 너무 웃겨!"

내가 그랬나 싶어 그때는 나도 웃고 말았다. 전화한 사람이 큰 소리로 자기 자랑을 해대는 통에 이 사람 정말 싫다는 생각이 마음 깊은 곳에서부터 싹트고 있었다.

옆에서 듣고 있기만 해도 무슨 생각을 하는지 다 아니까, 목소리란 무시무시하다.

책이라는 공통어

"헌책방인가 했는데 아니었네요."

지은 지 70년 된 건물 외관 때문인지, 들뜬 얼굴로 들어왔다가 그렇게 말하며 헛웃음을 짓는 손님들이 종종 있다.

"네, 신간 서점입니다."

그렇게 대답하면 대부분 실례가 많았다며 나가버린다. 금방 나간다는 건 거기 놓인 신간들에 관심이 없기 때문이리라. 같은 '책'이라고는 해도 신간 서점과 헌책방에 오는 손님이 겹치는 경우는 거의 없다(물론 예외

69

는 있다).

책에 익숙하지 않은 사람이라면 거기 놓인 책이 새 책인지 헌 책인지 외에 큰 차이가 없을 테니 더 교류가 있어도 괜찮을 성싶다. 하지만 실제로 신간 서점과 헌책방은 별세계라고 할 정도로 다르다. 같은 마을에 책방을 내더라도 서로 모르는 경우도 많다.

이제는 자본력이 있는 대형 서점이 대부분인 신간 서점과 달리 헌책방은 여전히 주로 자영업, 가족 경영이다.

예전에 일하던 회사는 1년에 두 번, 헌책 마켓에 참여했다. 스물다섯 군데쯤 되는 헌책방이 백화점 행사장에서 헌책을 팔았다. 그때 책들이 반입되고 반출되는 광경은 가히 압권이었다. 평소에는 점주만 얼굴을 내미는 헌책방도 열 대가 넘는 손수레 가득 실린 책을 운반할 때면 부인, 자녀(초등학생 아이도 돕는다!), 누군지는 모르지만 풍기는 분위기에서 친척으로 보이는 사람 등 온 가족이 총출동한다.

헌책방끼리는 아는 경우가 많아 여기저기 "어머나, 오랜만이네요." 같은 인사가 오가는데, 마치 설 명절이 다가온 듯 북적거려서 회사원 입장에서는 부럽게 여겨지는 따스함이 있었다.

Title은 매년 연말연시에 몇 군데 점포와 함께 헌책 마켓에 참여한다. 차분하고 수수하게 열리는 행사인데 헌책방치고는 젊은 점주가 내놓는 책에서 고풍스러우면서도 여전히 통용되는 미의식이 느껴져 보고 있으면 질리지가 않는다. 그래서인지 찾는 사람들도 혼자 신간과 헌책을 고루 사서 돌아가는 경우가 많고, 계산대에서 받아드는 책 조합도 다양하다.

신간 서점이 다루는 현재성이라는 넓은 폭을 가로축으로, 헌책방이 짊어진 책의 깊이를 세로축으로 두었을 때, 헌책 마켓이 열리는 시기가 서점 전체에서 책이 가지는 가장 넓은 영역을 보여줄 수 있다고 생각한다. 점주들은 각기 신간을 사러 오기도 하는데, 그럴 때는 책이라는 공통어로 서로 이야기를 나누고 있다는 기분이 든다. '헌책방도 의외로 신간 서점과 다르지 않구나.' 하고 남몰래 기쁨을 느끼고 있다.

구멍 난 매대

영업 끝난 서점을 둘러보려니 책장 책들이 여기저기 넘어져 있고, 평대에 깔려 있던 책들도 다 팔리고 없었다. 그날 하루가 얼마나 바빴는지 보여주는 증표다. 구멍 난 매대를 보는데 오래전 H 씨의 화난 목소리가 들려오는 듯했다.

"우리는 책장을 파는 게 아니잖아. 얼른 채워 넣어."

H 씨(이후 H라고 하겠다)는 내가 예전에 근무하던 서점 상사였다. 당시 나는 20대 후반이었고, H는 아마도 30대 중반이었을 것이다. 나는 일자리를 구할 때 H가 쓴 서점 관련 글을 읽고 취직할 곳을 정했기 때문에, 그

와 함께 일하게 된 데에 운명적인 무언가를 느꼈다.

까다롭게 일하는 H가 나를 지켜보고 있어서 늘 신경이 곤두섰다. 한번은 책 정리를 하고 있는데 성에 안 찬다는 듯이 말했다.

"쓰지야먀 군. 책 정리란 말이야, 그저 깔끔한 게 다가 아니야."

H는 책 정리를 시켜보면 그 사람이 얼마나 자기 일을 이해하고 있는지 알 수 있다고 했다. 하지만 다른 말을 덧붙이지 않았기 때문에, 나는 스스로를 한심하게 생각하며 쓴웃음으로 답할 수밖에 없었다(어디가 잘못되었느냐는 질문을 할 수 없는 분위기였다).

근무 지점이 바뀌어도 H는 매일 밤 아주 늦은 시간에 메시지를 보냈다(전화를 하도 많이 거니까 H가 점장을 맡고 있는 곳 직원이 둘이 사귀느냐고 물을 정도였다). 일에 관한 이야기도 있었지만 대부분은 회사를 향한 불만을 털어놓았다. 입으로만 불평을 하는 상사에게는 반드시 별명이 붙는다.

나는 나를 걱정해주는 H에게 감사하면서도 그의 지나친 성격이 걱정스러웠다. 그런데 하루는 H가 갑자기 회사를 그만두었다.

"쓰지야마 군은 괜찮아. 더 문제는 ○○지."

H는 누구보다도 말수가 많았고, 좋아하는 사람에게는 짜증 날 정도로 말을 자주 걸었다. 회사를 그만둔 뒤로는 사람과 등지고, 아무하고도 연락을 취하지 않았다. H 씨는 어떻게 지내느냐고 물어보는 사람이 많았지만 나는 아무런 대답도 할 수 없었다. 돌이켜 보면 자기 이야기를 전혀 하지 않는 사람이라 그에 대해 아는 바는 매년 기일마다 젊어서 죽은 아내의 성묘를 간다는 것뿐이었다.

H가 그만두고 상담할 사람이 없어져서 나는 혼자 일을 해나가는 수밖에 없었다.

서점 문을 닫고 흐트러진 책들을 정리하다 보면 마음이 차차 누그러지면서 그날 있었던 기분 나쁜 일들도 잊어버리게 된다. 아침에는 오픈 시간에 쫓겨 찬찬히 살펴볼 여유가 없었던 신간들도 펼쳐본다.

아아, 이런 책이었구나.

이 시간이 되어야 깨닫게 되는 일들이 의외로 많다. 책들이 편안하게 숨 쉴 수 있도록 조금씩 배열을 정돈해 간다……. 책을 만지며 정리하는 작업이 이 일의 기본이다. 이 행동은 무엇보다 거짓말을 하지 않는다.

스쳐 지나간 것들

우연을 잇는 마을

하루는 인터넷 사이트로 책을 주문한 손님 주소에서 F라는 낯익은 건물을 발견했다. F는 15년 전, 내가 히로시마에 살 때 세 들어 살던 작은 맨션 이름인데, 한동안 사용한 주소여서 지명과 지번을 기억하고 있었다.

모르는 척하고 책만 보낼 수도 있었지만, 우연을 그대로 떠나보내기가 아쉬워 책과 함께 엽서 한 장을 동봉했다. 엽서에는 오래전 나도 F에 산 적이 있다, 이런 우연한 만남이 정말로 놀랍다는 간단한 내용을 적었다.

히로시마에서는 3년 정도 살았다. 당시 일하던 대형 서점 지점의 점장을 맡았다. 생애 첫 점장직이었는데 도착하자마자 상사로부터 "사실 이 지점은 리뉴얼이 결정되었다(그리고 확정된 계획은 아직 아무것도 없다)."라는 말을 듣고 아아, 망했구나 싶었다. 앞으로 무슨 일이 벌어질지 상상도 가지 않았다.

한탄을 해도 일은 기다려주지 않는다. 히로시마 지점은 다양한 장르를 골고루 갖춘 대규모 서점이었는데, 아트와 디자인 서적, 유행하는 라이프스타일 북을 전면에 내세워 선로를 크게 변경했다. 새 서점을 마음에 들어한 사람들이 많아 일은 대체로 즐거웠지만, 리뉴얼 후 매장 면적을 반으로 줄여야 하는지라 그 과정에서 서점을 떠나야 하는 스태프도 생겼다. 지내는 동안 그 일이 가장 마음에 걸렸다.

그 지점은 내가 이동하고 점장이 바뀐 후로도 쭉 영업을 하다 몇 년 전 문을 닫았다. 없어지기 직전, 마지막으로 서점 모습을 눈에 담고 싶어서 히로시마로 갔다. 그때 남아 있던 스태프 하나가 이렇게 말했다.

"이 서점에서 일할 수 있어서 즐거웠습니다. 점장님, 또 언제든 히로시마에 오세요."

그 말에 조금은 마음이 편안해졌다. 하지만 오래 지

속될 만한 서점의 기반을 만들지 못했다는 아쉬움이 남
았다.

　지난달 북 토크를 위해 다시 히로시마를 방문했다. 행사가 열린 갤러리 겸 서점 READAN DEAT의 세이마사 미쓰히로 씨는 내가 점장을 맡고 있던 시절 히로시마 지점에 자주 방문했다고 했다. 세이마사 씨는 READAN DEAT를 열기 전 도쿄에 살았는데, L서점이 문을 닫는다는 뉴스를 보고 히로시마에 사람이 모일 수 있는 독립 서점을 열자고 결심했다고 한다. 나는 과거 나의 행동이 생각지도 못한 형태로 다시금 세상에 드러났다는 사실에 당황했다. 내가 미처 다 하지 못한 일을 그에게 떠넘긴 것 같다는 생각에서였다.

　그 뒤로도 세이마사 씨의 이야기는 여기저기서 듣기도 하고 읽기도 했다. 하지만 이번에 새삼 READAN DEAT에서 그가 허심탄회하게 하는 이야기를 듣자, 히로시마와의 인연이 눈앞에 있는 서점이라는 결실을 맺었다는 실감이 들었다. "그래도 다행이었어." 히로시마에서 내가 보낸 시간을 처음으로 긍정할 수 있었다.

　인터넷으로 주문받은 책과 동봉한 엽서에 며칠 후 답

장이 왔다. 거기에는 우연을 기뻐하는 은근한 흥분과 함께, 그 손님이 아내가 된 여성을 처음으로 데리고 간 장소가 Title이었다는 사실이 정성스러운 문장으로 쓰여 있었다. 내가 도쿄에 서점을 열고 그리 오래 지나지 않아서였는데, 그 짧은 시간 동안에도 이 서점은 누군가의 인생에서 인상적인 무대가 되었다.

신기한 인연도 다 있구나.

답장을 읽으며 멀리 서쪽으로, 천천히 따스한 햇살이 드리우는 기분이 들었다.

두
사
람
의
장
인

　　　　　　　　"세 시간 정도인데, 이야기
하다 보면 금방 끝나니까요."

　　요리후지 씨는 그렇게 말했지만, 딱히 할 말이 많지
않은 나에게 세 시간은 불안을 느끼기 충분했다. 하지만
요리후지 씨의 말대로 끝나고 나니 순식간에 시간이 흘
러 그가 준비한 음악의 반도 틀지 못했다.

　　며칠 전, 그래픽 디자이너 요리후지 분페이 씨가 개
인적으로 일하고 있는 라디오 프로그램 「시부야 나이트
팀」에 게스트로 출연했다. 시작하고 얼마 동안은 서점

이야기를 했다. 요리후지 씨는 Title이 문을 열었을 때, 로고만 보고도 요즘 흔한 '멋을 부린 북 스토어'와는 다르다고 느꼈다고 한다.

"Title의 로고는 세로 막대 네 개가 곧게 뻗어 있고, 그 옆에 동그란 소문자 e가 있잖아요. 디자이너 입장에서는 e를 다른 글자와 맞춰서 세로로 길게 만들고 싶기 마련입니다. 하지만 Title의 e는 혼자만 동그랗고, 심지어 약간 사선으로 위를 향하고 있어요. 이건 본래 있을 수 없는 일입니다."

요리후지 씨는 그 로고가 디자인의 정석에서 얼마나 동떨어진 것인지를 10분이 넘도록 역설했다. '이 이야기는 아무한테도 하지 않았는데……. 역시 요리후지 씨는 다 꿰뚫어 보는구나.' 사물을 바라보는 그의 높은 해상도와 훌륭한 해설 능력에 눈이 휘둥그레졌다.

사실은 서점 로고를 만들 때 화가 nakaban 씨와 의견이 부딪친 것도 이 e였다. 처음에는 정말로 e가 다른 글자와 마찬가지로 똑바로 세워져 있었는데, 하루는 nakaban 씨한테서 그걸 무너뜨리고 싶다는 연락이 왔다.

지금도 충분히 좋아 보이는데…….

그때는 그렇게 생각했지만, 얼마 후 보내온 로고에는 정석을 무너뜨린 틈에서 인격 같은 것이 생겨나 있었다.

그걸 보고 무척 놀랐었다.

"이 e가 다른 네 글자와 마찬가지로 균형이 반듯한 로고였다면, 나는 Title이 이토록 성공하지 못했으리라 생각해요."

요리후지 씨는 그렇게 말했는데, 성공했는지 아닌지는 둘째치고 서점에 들여놓은 책 구성도 로고와 마찬가지로 다양한 틈과 불순물이 섞이면서 전체적인 톤을 이루고 있다. 같은 취향이나 장르로 정돈된 서점은 언뜻 보기에 아름답지만, 거기 내포된 사고의 폭이 좁아져서 다시 찾고 싶다는 기분이 들기 어렵다. 로고를 보는 것만으로도 그 배후에 있는 서점 만들기 철학까지 직관한 요리후지 씨가 대단한 디자이너라는 생각이 새삼 들었다.

"앞으로는 화가의 시대인가……."

요리후지 씨는 방송이 끝난 뒤에도 농담처럼 분한 듯 말했지만 작업의 훌륭함은 일의 세부에 깃들기 마련이라고, 두 사람의 뛰어난 장인을 보며 깨달은 순간이었다.

지금 읽고 싶은 책을 사는 게 아니다

사진작가 키친 미노루 씨는 책을 사는 결단이 빠르다. 잡담을 나누다가 거론된 책이나 문득 눈에 뜨인 책을 가져와 이거 사겠습니다, 하고 그 즉시 카운터에 쌓아둔다. 서점으로서는 고마운 손님이지만, 사 간 책의 절반도 제대로 읽지 않는 게 아닐까 남몰래 생각한다.

얼마 전, 위성방송에서 「불곰에 맞서는 남자—세계유산·시레토코」라는 다큐멘터리를 보았다. 곰과 공생하며 살아가는 홋카이도 시레토코 반도의 오두막을 취재한

프로그램을 보다가 출간 당시 구입하고는 그대로 방치해둔 책이 생각났다. 나는 책장 깊숙한 곳에 파묻혀 있던 『곰을 조각하는 사람』이라는 책을 끄집어냈다. 방금 본 다큐멘터리와 겹치는 부분이 많아서 이건 지금 읽어야 할 책이었다며 과거에 이 책을 산 나를 칭찬하고 싶었다.

나의 흥미를 돋우는 내용이었으니 샀겠지만, 다급하게 읽어야 할 주제도 아니었기에 책장에 꽂아두는 것으로 만족했다. 내게는 그런 면이 있다.

책장은 몸 바깥에 부착된 두뇌와도 같아서 풍부하게 만들어두면 지식과 감정의 총량도 확장될 가능성이 있다. 살 수 있을 때 사놓고 아직 읽지 않은 책이라고 해도 책장에 꽂혀 있는 것으로 충분히 제 역할을 수행하고 있는 셈이다.

인터넷 서점에서는 지금 내가 읽고 싶은 책을 손쉽게 찾을 수 있지만, 그에 반해 지금 당장 읽을 필요는 없어도 앞으로 어딘가에서 이어질 법한 책을 만나기란 좀처럼 쉽지 않다. 인터넷이 지닌 우월한 편리성은 언제나 '지금'과 관련이 있기 때문이다.

당장 읽을 책은 지금의 나를 긍정하기는 해도, 아직
싹이 나지 않은 가능성에 물을 주는 일은 하지 못한다.

책장에 지금 필요한 책밖에 없는 상황은 어쩐지 내게는 조금 쓸쓸하게 여겨지는데, 다른 사람들은 어떨까.

키친 씨는 커다란 체구로 잘 웃는 남자다. 서점 2층에서 전시를 할 때면 웃음보따리라도 터진 것처럼 하염없이 웃음소리가 들려온다.

그러나 호쾌하다고만 생각했던 그에게도 사물의 본질을 냉정하게 추구하는 면이 있어서, 다른 작가라면 수십 장이나 찍었을 사진을 한두 장만에 끝내버린다. 말하자면 움직임에 군더더기가 없다.

그는 책을 두고 "자료다."라고 말한다. 아마도 그 '자료'가 자신을 살찌운다는 사실을 잘 알고 있으리라.

유리아게의 밤

2013년 6월. 그날 밤은 센다이의 출판사 아라에미시의 히지카타 마사시 씨와 지바 유카 씨 두 사람이 현지 이자카야로 안내해주었다.

어떤 이유로 그렇게 되었는지는 기억나지 않지만, 두 번째 선술집에서 술을 마시다가 "그럼 지금부터 유리아게로 갑시다."라고 하는 상황이 되었다(아마도 내가 아직 가본 적이 없다고 했기 때문이리라). 태평양 연안에 위치한 유리아게는 어업이 성행한 항구로 주택가가 즐비한 지역이었지만, 동일본 대지진 때 9미터가 넘는 쓰나미로 마을 대부분이 괴멸하는 피해를 입었다.

밤 12시가 다 되어 가는 시각, 센다이 중심가에서 택시를 타고(운전사도 "지금 말입니까?" 하고 괴상한 사람들도 다 있다는 듯한 목소리로 반문했다) 30분 정도 달려 여기라며 내린 곳은 건물도 없고 초목도 자라지 않아 그저 평평한 지면이 펼쳐진 장소였다.

와해된 건물들은 이미 철거된 후였다. 일찍이 그곳에 생활 터전이 있었다고는 상상도 할 수 없을 만큼 완전한 어둠이 깔려 있었다. 인간이 살았다는 흔적은 조금도 찾아볼 수 없었다.

소리가 없는 세계란, 이토록 숨 막힐까…….

그곳에 가만히 서 있는데, 내가 존재한다는 사실조차 의심스러워졌다. 철두철미한 '무無'였다.

옆에 있던 히지카타 씨도 술을 마실 때는 달변가였는데, 그곳에 당도한 뒤로 한마디도 하지 않았다. 그저 가만히 서서, 그곳에서 무슨 일이 있었는지 상상해보길 바란다고 내게 말하고 있는 듯했다. 이제껏 히지카타 씨는 많은 외지 사람들을 이리로 데리고 왔으리라. 어떤 말도 나오지 않았고, 멀리서 출렁거리는 파도 소리 외에는 어떤 소리도 들리지 않았다.

센다이에는 '도호쿠, 가능성으로서의 프런티어'라는

북 페어를 열기 위해 현지 출판사의 협력을 구하러 갔다. 이전에도 몇 차례 재해 관련 책을 모아 행사를 열었지만, 그저 수박 겉핥기에 그친 기분이라 성이 차지 않아 무언가 더 할 수 있는 일이 없을까 고민하던 차였다.

때마침 러시아문학 연구자인 가메야마 이쿠오 씨가 재해 이후 소중히 여겨왔다는 수전 손택의 문장 한 구절을 거론한 것을 보았다.

'고통 받는 그들이 사는 바로 그 지도 위에 우리의 특권이 존재한다.'

손택의 『타인의 고통』이라는 책은 주로 전쟁터의 사진에 대해 쓴 사진론인데, 동정심의 의미와 한계에 대해서도 다루었다. 지진 당시, 이미 벌어진 어마어마한 일 앞에서 아무것도 할 수 없을 뿐만 아니라 '당사자도 아닌 우리가 동정심을 갖는 것은 위선이 아닌가.'라며 그들에게 마음을 쓰는 일에 주저했던 나로서는 간과할 수 없는 책이기도 했다.

나는 그 책을 읽은 후, 현지 출판사 중 지역에 뿌리내려 활동하고 있는 아라에미시에 전화를 걸었다. 전화를 받은 히지카타 씨는 "센다이까지 오신다면 밤에 같이 술을 마시러 가지 않겠습니까?" 하고 그 자리에서 초대해주었다.

히지카타 씨는 그날 밤 나를 유리아게까지 데리고 갔지만, 거기에는 분명 넘을 수 없는 선이 있었다. 실제로 그 일을 체험한 사람과, 안전한 장소에서 그 일을 지켜보며 동정한 사람의 차이이기도 했다. 게다가 한심하게도, 사실은 내가 도움을 주고자 했는데 실제로는 히지카타 씨로부터 받은 도움이 지금껏 훨씬 컸다.

무언가를 다 아는 듯이 '특권' 위에 떡하니 버티고 앉아 있고 싶어질 때, 나는 그날 밤의 어두운 해안가를 떠올린다. 다 안다고 생각하는 오만함에 몸을 맡기기보다 무력하게 허탈한 상태가 되더라도 나의 두 발로 한 걸음 내딛는 편이 낫다.

진정한 공감은 나의 한 걸음으로부터 시작되는 것이므로.

어머니의 '노동,

어머니가 위암으로 집 근처 종합병원에 입원했을 때, 당시 다니던 회사에 사정을 말하고 어머니 댁이 있는 고베에 정기적으로 오가게 되었다. 간병이라고는 해도 치료와 연관된 것은 대부분 간호사 선생님이 해주었다. 그사이 내가 하는 일이라고는 침대 옆에 있다가 어머니의 이야기 상대가 되어주는 정도였다.

병실에서는 시간이 손에 잡힐 것처럼 천천히 흘렀다. 도쿄에서 일할 때와는 전혀 달랐다. 일단 시간에 몸을 맡기자 바쁘다는 게 자랑처럼 여겨졌던 도쿄에서의 생활이 점차 멀어지는 듯했다.

어머니는 이렇게 시간을 보내셨구나.

할 일에 파묻힌 동안에는 의식이 늘 한발 앞서 나가 지금 여기 존재하는 것들의 풍요로움을 둘러보기 어렵다. 확실하고 무게감 있게 흘러가는 시간에 몸을 맡기고 있으려니, 내가 얼마나 많은 것들을 놓치고 살아왔는지 느낄 수 있었다.

그렇게 도쿄와 고베를 오가며 나의 가치관이 흔들리기 시작했고, 차츰 어떤 생각이 마음속에 자리 잡았다. 책을 파는 일에는 변함이 없지만, 보다 생활에 밀착한 삶의 방식을 찾고 싶다는 바람이 생겼다.

비평가 와카마쓰 에이스케 씨는 『그래서 철학, 생각의 깊이를 더한다는 것』이라는 책에서 한나 아렌트의 '일'과 '노동' 개념을 언급하며, 이렇게 설명했다.

노동, 영어로 'labor'라는 말에는 진통, 혹은 분만의 의미가 있으며, 이는 생명 활동과 깊이 연관된 행위다. 돈을 버는 수단으로서의 일(work)이라는 말과 달리, 노동에는 인간에 대한 근원적인 존경의 의미가 포함되어 있다.

와카마쓰 씨에 따르면 설령 일을 하고 있지 않은 상

태라도, 격렬히 살아가는 '노동'을 한다고 말할 수 있는 경우도 있다.

반년의 입원 생활을 끝으로 어머니는 돌아가셨다. 일주일 동안 직장을 쉬고 장례나 그 밖의 절차를 마친 뒤, 일하던 지점으로 돌아가 회사를 그만두고 싶다는 뜻을 상사에게 전했다. 내가 생각해도 신기할 만큼 망설임 없이, 대단히 상쾌한 기분으로 문을 나섰다.

어머니는 병으로 누워 있었지만 분명 '노동'을 하고 있었다. 그 옆에 있는 것만으로도 나는 어머니의 노동을 느끼고, 완전히 다른 사람처럼 내면이 바뀌었으니까…….

어머니는 나의 서점을 못 보고 돌아가셨다. 설마하니 아들이 회사를 그만두고, 가진 돈을 다 털어 자기 서점을 열 리라고는 생각하지 못하셨을 것이다. 노동의 결말은 본인의 의도를 뛰어넘는 데 있는지도 모른다.

농부의 손

전시 마지막 날, 오쿠야마 씨가 눈앞에 나타났을 때는 생각지도 못하게 그리운 사람을 마주한 듯 당황했다. 3주 전에도 만났고, 그 시간에 서점에 올 줄도 알고 있었는데……

전시가 열린 6월 한 달 동안, 사진가이자 전시 기획자인 오쿠야마 아쓰시 씨를 매일 서점에서 만난 것만 같은 기분이 들었다. 노란색이나 따뜻한 계열 색상이 많은 '벤조 씨'의 그림은 계단을 오르면 나오는 2층에 전시되었고, 그 그림들 뒤에는 언제나 오쿠야마 씨의 시선으로 찍은 사진이 있었다. 무엇보다 오쿠야마 씨가 글을 쓴

『뜰과 소묘』의 여운이 오랫동안 내 몸을 감싸고 있었기 때문인지도 모른다.

　『뜰과 소묘』는 오쿠야마 씨가 홋카이도의 작은 마을 신토쓰카와에 통나무집을 짓고 자급자족하는 삶을 사는 벤조 씨를 찾아가 돌아가시기 전 14년에 걸쳐 사진을 찍고 글을 더한 책이다. 벤조 씨는 자급자족 가능한 '뜰'을 만들고, 어릴 때부터 품었던 그림 그리는 사람이 되고 싶다는 꿈을 펼쳐 어머니와 아이가 함께 있는 모습처럼 따뜻한 그림을 계속 그렸다(그리고 이 그림들은 한 장 외에는 모두 미완성이다). 이번 전시는 벤조 씨가 생전에 '개인전을 하고 싶다.'라고 바랐던 소망을 형태화한 것이기도 했다.

　10년 넘는 긴 세월에 걸쳐, 자택이 있는 이와테현 시즈쿠이시에서 홋카이도까지 계절이 바뀔 때마다 찾아가는 일에도 근성이 필요하지만, 벤조 씨라는 인물이 살았다는 사실을 현재 시점에서 회상하며 한 줄의 실처럼 엮어나간 오쿠야마 씨 문장의 단단함에도 경탄했다. 같은 테마를 몇 번이고 변주하면서 그때마다 새로운 인상을 주고 강도를 높여나가는, 끝날 줄 모르는 악곡과도 같았다.

그날 밤 북 토크 행사가 끝난 뒤 오기쿠보역 근처에서 뒤풀이를 했다. 그 자리에서 전부터 생각했던 말을 꺼냈다.

　"오쿠야마 씨는 농부 같은 인상이 있어요."

　오쿠야마 씨는 잘 와 닿지 않는 모양인지 "농부라고요, 음……" 하고 생각에 잠겼다. 그 이야기는 그렇게 스쳐 갔지만, 생각에 잠긴 그 모습이 바로 농부처럼 보였다. 변함없는 리듬으로 천천히 이야기하는 모습이 땅에 괭이질을 하는 듯 보였고, 그의 글에도 그런 착실함과 호흡이 묻어났다. 그리고 무엇보다 첫 만남에서 흙을 만지는 데 익숙한 듯한 '커다란 손'이 인상에 남았다.

　이튿날은 정기 휴일이었으나 그림 정리를 위해 서점으로 나갔다. 작업이 끝난 뒤 『뜰과 소묘』의 담당 편집자인 오가와 준코 씨와 셋이서 중화요리 식당으로 걸어가 점심을 먹었다(우리는 셋 다 72년생이어서 그 책을 출판한 미스즈쇼보 사장이 '꽃 같은 72년생 트리오'라고 불렀다). 많은 대화를 나누며 밥을 먹고 서점으로 돌아와 오쿠야마 씨와 오가와 씨는 차를 타고 다음 전시장으로 떠났다.

　행복감에 가득한 시간이란 이런 오후를 말하는 것이

리라. 헤어질 때 서점 앞에서 오쿠야마 씨와 악수를 했는데, 역시나 크고 두터운 손이었다.

거
리
의
대
피
소

시라스 지로와 마사코 부부
의 옛 저택인 '부아이소武相荘'에 다녀왔다. 예전에는 농
가였다는 부지 내 건물을 매장과 레스토랑으로 개조했
고, 본채는 뮤지엄이 되어 두 사람이 모아둔 생활용품이
나 골동품이 여기저기 놓여 있었다.

거기만 보고 돌아왔다면 세련된 취미를 가진 부잣집
이라는 기억만 남았을지도 모른다. 하지만 본채 가장 안
쪽에 돌출된 형태로 자리한, 천장이 낮은 방 하나가 인
상 깊었다. 시라스 마사코의 서재였다.

삼면이 책장으로 둘러싸여 있고, 안쪽 벽 한 군데만

빛을 받기 위한 작은 창이 열려 있었다. 서재는 장지문 하나로 본채와 이어져 있었지만 다른 방들은 많은 손님이 다녀간 느낌이 있는 데 반해, 마사코의 서재는 사적인 장소라는 공기가 자욱했고 농밀한 '별세계'처럼 본채로부터 동떨어져 있었다. 창문 앞에 놓인 작은 책상을 보자 거기서 수많은 작품이 탄생했으리라는 상상이 가면서 끝없는 창작이라는 세계에 정신이 아득해졌다.

책으로 둘러싸인 이 작은 방은 마사코에게 신체의 연장선처럼 느껴졌을지도 모른다. 외부 세계로부터 단절되어 마음 내키는 대로 자기 안으로 침잠할 수 있었으리라. 무에서 영원을 낳는 작가의 비밀을 살짝 엿본 기분이었다. 이 서재는 서점이라는 장소를 고민하는 데 있어서도 영감을 주는 공간이었다.

딱히 무얼 하지 않아도 컴퓨터나 스마트폰으로 대량의 정보가 들어오는 현대사회에서는 미처 의식하지 못하는 사이에 정보와 몸이 제멋대로 이어진다.

그에 비해 Title에서는 여럿이 이야기를 나누며 들어왔다가도 늘어선 책을 들여다보는 사이 어느 틈엔가 말이 없어진다. 책이 있는 공간이란 밖으로부터 들어오는 정보를 차단하는 힘이 있는지도 모르겠다. 말 없는 책의 고요함이 '이곳은 바깥 공간과 다르다'고 들어오는 사람들에게 전하고 있는 것이다.

서점에 있는 한 권의 책은 그 자체로 하나의 정보이면서 동시에 머나먼 과거나 이국으로부터 온 목소리다. 그런 목소리는 마음을 차분히 한 뒤 몸을 약간 기울이듯 하여 듣지 않으면 들리지 않는다. 그러니 서점에 들어오는 사람은 자연스럽게 입을 다물고, 책이 전하는 작은 목소리에 귀를 기울이며 본래의 그 사람 자신에게로 돌아가는 것이리라.

항상 무언가에 쫓기듯 살아가는 현대인에게 자기 자신으로 있을 수 있는 시간은 무엇과도 바꿀 수 없는 것임에 분명하다. 서점은 지금, '거리의 대피소'가 되어가고 있다.

추억의 상점, 머나먼 거리

문고본 책장 뒤에서 소리도 없이 가벼운 움직임이 느껴진다 했더니, 남자아이 하나가 웅크리고 있었다. 소년은 진지한 표정으로 책등에 적힌 제목을 죽 따라갔다······.

이런 여름이면 그 수는 많지 않지만, 서점에 중고생들 모습이 자주 보인다. 그들 대부분은 내 상황을 살피다가 어느 순간 결심한 표정으로 계산대로 온다. 어른들처럼 쓸데없는 잡담은 하지 않고, 계산이 끝나면 곧장어디론가 사라져 그들과 필요 이상으로 이야기를 나눈 적은 없다.

117

서점을 운영하다 보면 한 아이가 찾는 책의 변화도 감지할 수가 있다. 소다 오사무를 읽던 아이가 모리 에토를 거쳐 시게마쓰 기요시를 사고, 그러다가 생텍쥐페리나 펄 벅으로 바뀐다.

그럴 때면 그 아이의 책상 한편에 놓인 작은 책꽂이를 상상해본다. 마을에서 서점을 한다는 것은 그 마을에 사는 사람들 책장을 책임지는 일이나 마찬가지기에 어린이가 혼자서 책을 살 때면 어른들이 살 때보다 살짝 더 긴장된다.

내가 중고등학생 시절에 다니던 고베 서점은 꽤 오래전에 없어졌다.

한신·아와지 대지진 때 해안가 마을이 큰 피해를 입었다. 작은 상점이나 집들이 어깨를 맞대고 늘어서 있던 오래된 거리가 한순간에 모조리 쓰러졌다. 얼마 후 새로 지은 집들이 생겨났지만, 거리는 예전으로 돌아오지 못한 채 여기저기 공터가 남았다.

겐지쇼보도 그 언저리에 있던 서점이다. 노인 손님이 많아서 아이가 읽을 만한 책은 별로 없었지만, 시바 료타로의 역사소설만큼은 조금씩 사서 질릴 때까지 몇 번이나 읽었다. 지금의 Title보다도 작은 서점이어서 천장

근처까지 책이 가득 들어차 있었다. 낮인데도 어둑어둑한 안으로 들어가면 그 농도에 머리가 어질어질했다.

몇 년 전, 입원한 어머니 문병을 갔다가 돌아오는 길에 시간이 생겨서 이사하기 전 옛날 집 근처를 걷는데, 겐지쇼보가 있던 선로 부근에 새로 들어선 안경점이 보였다. 가족들이 자주 같이 가던 초밥집이나, 동급생 부모님이 경영하는 부동산 풍경은 변함없었지만, 겐지쇼보는 크기나 문 모양이 기억 속 모습과 어딘가 달랐다.

이곳은 이제 더 이상 나를 위한 장소가 아니구나.

커진 몸에는 그 거리가 조금 비좁게 느껴져서, 아무하고도 이야기하지 않고 집에 가는 신칸센에서 먹을 지방 명물 아니고 초밥만 사서 그곳을 떠났다.

혼자서 어디든 갈 수 있는 나이가 되면, 인간은 보다 큰 무언가를 좇아 멀리 여행을 떠나게 된다.

그러나 아무리 멀리 갔다 해도, 돌아올 장소를 추적하면 거기에는 최초로 걸음을 뗀 거리의 모습이 남아 있으리라. 지금은 별거 아닌 듯 보이는 그 마을이야말로, 당신에게는 세상으로 향하는 문이었다.

지금 서점에 오는 중고생이 몇 년 뒤 마을로 돌아왔을 때, 나의 서점을 보고 무슨 생각을 할까. 서점은 애초

에 작지만, "생각보다 작았네." 하고 혼잣말할지도 모르
겠다.

다카다노바바 커피숍

오래전 거의 매주 다니다시피 한 커피숍 주인은 말이 없는 사람이었다(제대로 이야기를 나눈 적은 4년 동안 두 번뿐이다). 엄격하지는 않지만 들어설 때 약간 긴장이 되었다. 흰색을 기조로 한 실내에 불필요한 것이라고는 없었다. 딱히 대화가 금지된 곳은 아니었는데 이야기를 나누는 사람은 흔치 않았고, 손님 대부분이 혼자서 커피를 마셨다.

어느 날 커피숍에 들어갔더니 드물게 큰 목소리로 이야기를 나누는 젊은이들이 있었다. 무척이나 눈에 띄었다. 목소리가 너무 커서 가져온 책을 읽을 수가 없었다.

그사이 주인이 그 테이블로 다가가 한두 마디 말을 전하는 듯했다. 무슨 말을 하는지 다른 테이블에는 들리지 않았지만, 얼마 후 젊은이들은 슬며시 일어나 그곳을 빠져나갔다.

서점도 하나의 '장소'라는 사실을 Title의 문을 열면서 깨닫게 되었다. 책이라는 물건을 팔고 사는 일임은 틀림없지만, 손님들은 그곳에서 느끼는 마음과 분위기에 책값을 함께 지불하는 것이다.

그런 행위는 언제나 말없이 이루어진다. 이것을 훼손하지 않기 위해 서점에서 일어나는 일을 안 보는 척하면서 곁눈으로는 낱낱이 지켜보아야 한다.

손님 눈에는 평소와 다름없어 보이는 광경도 수많은 요소 위에서 섬세하게 이루어진다. 모든 것이 매끄럽게 돌아가는 덕분에 안심하고 그 자리에서 마음을 열게 되고, 서점의 책에서는 빛이 난다.

커피숍 주인이 뭐라고 말했는지는 기억할 수 없다. 하지만 손님이 창피해하지 않을 정도로 가만히 귀띔했으리라. 그때 커피숍 주인은 으레 그러려니 하는 태도로 '공간'을 보살피고 있었던 거라고, 지금도 가끔 떠올릴 때가 있다.

작은 시스템

며칠 전, 작가 이시이 유카리 씨를 만날 기회가 있었다. 이시이 씨는 가슴이 절절해지는 글을 쓰는 분인데, 그것도 훌륭하지만 하루도 거르지 않고 별자리 점술 정보를 발신하는 꾸준한 자세에 전부터 남몰래 공감하고 있었다.

Title처럼 작은 상점을 운영하다 보면 "매일 똑같은 일을 하는데 지겹지도 않은가 보네."라는 말을 종종 듣는다. 한 장소에서 움직이는 일이 거의 없으니 변화를 추구하는 사람 눈에는 무슨 즐거움이 있을까 싶기도 할 것이다.

하지만 무슨 일이든 무언가 하나를 이해한다는 감각은, 같은 일을 반복하면서 생겨나기 마련이다. 일이 아니더라도 우리는 매일 같은 리듬으로 생활하면서 그 섬세한 변화를 깨닫게 된다.

매일 산책하는 길, 차창 밖으로 바라보는 풍경, 겨울이 오면 매년 꺼내 입는 코트⋯⋯. 같은 디테일을 반복하면서 그 사람 인생의 시스템이 구축된다. 우리는 그 작은 시스템을 통해 여름이 끝났다거나, 오늘은 운이 좋다거나, 그런 생활이 주는 깊이를 실감한다.

Title에서는 매일 아침 8시에 '오늘의 책'을 업데이트하고, 정오가 되면 셔터를 올려 서점 정경을 사진으로 찍어서 오픈을 알린다⋯⋯. 이것은 어느 틈엔가 생겨난 이 서점 고유의 시스템이다. 설령 작업이 밀리더라도 무심하게 루틴을 따르다 보면 그 정체가 해소되고, 일은 다시금 앞으로 나아간다.

나날이 변화하는 하루도 즐겁겠지만, 나에게는 정해진 틀 속에서 작은 변화를 포착하는 일상이 잘 맞는 것 같다.

오
버
더
레
인
보
우

　　　　　Title 웹사이트 왼쪽 상단에
는 '전혀 새로운, 그러나 그리운'이라는 말이 작게 적혀
있다. 내가 생각해낸 것은 아니고 회사를 그만두고 서점
을 차려야겠다고 결심했을 때, 소설가 이시이 신지 씨가
보내준 답장에 있던 말이다.

　아직 서점 자리도 정해지지 않았을 때인데 '一전혀
새로운, 그러나 그리운, 쭉 그곳에 있었던 것 같지만, 지
금 막 생긴 공간. 진심으로 기대하고 있겠습니다.'라고
쓰여 있었다. 그 메일을 읽으면서 '정말로 서점을 여는
거다.'라고 새로이 결의를 다지는 한편, 과연 그런 소설

에나 나올 법한 서점을 만들 수 있을까 불안했다.

그랬기에 4년이 흘러 이시이 씨를 서점으로 초대해 북 토크를 열었을 때는 감회가 새로웠다. 토크 주제는 주로 소설집 『마리아』에 대한 것이었는데, SP 음반(Standard-Playing Record) 마니아이기도 한 이시이 씨가 축음기를 가져와서 이야기 중간중간에 한 편의 단편마다 정한 테마 송을 청중들과 함께 들었다.

녹음 시 스튜디오의 소리를 홈에 새겨 마치 판화처럼 철침으로 재생시키는 SP 음반은 전기로 트는 음악보다 훨씬 생생하게 들린다. 엘비스, 아말리아 호드리게스, 리파티가 모두 시간을 초월해 지금 이 작은 공간에서 노래하고 연주했다.

「오버 더 레인보우」라는 곡이 끝났을 때, 이시이 씨는 "주디 갈랜드는 이 곡을 부르면서 분명 기도했을 거라 생각합니다."라고 말했다. 확실히 그녀의 노랫소리는 보이지 않는 누군가에게 자기 스스로를 내어주는 듯했다. 그 목소리에서는 하늘까지 닿을 듯한 힘이 느껴졌다.

기도는 신 앞에서 손을 모으는 행위만을 지칭하는 것은 아니다. 날마다 살아가는 순간 속에도 기도는 있다. 더 나은 내일을 꿈꾸며 일을 하고, 누군가를 떠올리며 식사를 하는 일상적인 행위에도 모두 기도가 깃들어 있다. 토크 중에 이시이 씨가 말했다.

"과거의 음악이나 문학도 시간을 뛰어넘어 지금과 이어져 있습니다. 인간은 그것들 없이는 살 수 없어요. 쓰지야마 씨도 그렇게 믿기 때문에 서점을 여신 것 아닌가요?"

그런가, 그럴지도 모르겠다.

나는 인간이 책을 손에 쥘 때 느끼는 순수한 마음의 움직임이 좋다. 크게 의식하지 않더라도 그 사람은 조금이라도 더 나은 인간이 되길 바라며 눈앞에 있는 책을 손에 쥔다고 생각한다. 나 자신도 설령 같은 날이 반복되는 것처럼 보인다 해도, 내일은 조금 더 나은 서점을 만들고 싶다. 화려하지 않아도 변함없이 오래 계속하고 싶다…….

'오늘은 잘 안됐지만 내일은 꼭.'이라고 생각할 때 인간은 저 멀리 어렴풋한 무지개를 본다.

아침의 굴착기

섣달. 가인(일본 고유의 정형시 단가를 짓는 시인—옮긴이) 오카노 다이지 씨가 서점을 찾았다. 모자를 깊숙이 눌러쓰고 어깨 폭이 넓은 코트를 입은 그를 그린 일러스트를 본 적이 있는데, 그 모습과 똑같은 차림으로 나타나서 어쩐지 기뻤다.

전철이 지나가길 기다리며 섰는데
어디선가 들려오는 겨울 공사 소리 아름답구나

　　　　　　　　—가집 『다야스미나사이』에서

오카노 씨의 고향인 오사카에 갔을 때, JR 순환선 신이마미야역에서 갈아탔다. 고가 위의 역에서 내려다보니 땅을 파고 있는 굴착기 몇 대가 보였다. 말간 아침 햇살 아래 반짝이는 그 모습이 다시는 보지 못할 소중한 순간처럼 여겨졌다.

나는 가슴이 뭉클했지만, 주변에서 전철을 기다리던 수많은 다른 사람에게는 그 감정이 전해지지 않았으리라. 아직 가을이었고 들려오는 소리도 없이 멀리 굴착기가 움직이는 모습만 보였다.

2019년에는 오카노 씨뿐만 아니라 간사이 사람을 만날 기회가 많았다. 북 토크에서 이야기를 듣거나 전시 중인 화랑에서 대화를 나눌 때, 나도 모르게 간사이 사투리가 나오는 일이 종종 있었다. 나는 고베 출신이라 어릴 때 쓰던 사투리로 말하다 보면 순간적으로 체질까지 바뀌어서(뭐랄까 말투와 찰싹 달라붙어서), 어린 시절 나와 지금의 내가 하나로 이어지는 기분이 든다.

기치조지에서 영화 「하드 데이즈 나이트」(비틀즈 네 명이 계속해서 달리는 영화)를 보았다. 어쩌다 뜬 시간에 스마트폰으로 근처에서 하는 영화를 검색하다가 우연히 보게 되었다. 스크린으로 본 젊은 시절 존 레논은 입을 뗄 수 없을 만큼 압도적인 존재감이 있었고, 보길 잘했다는 생각이 들었다.

영화에서는 비틀즈의 초기 대표곡이 흘러나왔다. 「ALL MY LOVING」을 듣는데, 내 장례식에서 이 곡을 틀어주면 좋겠다고 생각했던 게 문득 떠올랐다. 스무 살 언저리쯤 했던 생각인데, 그렇게 좋아했으면서 이제껏 그 사실을 잊고 있었던 것이다.

곡의 초입. 한순간 숨을 참았다 흘러나오는 격렬한 하모니.

무언가 뜨거운 것이 치솟아 오르기까지 그리 오랜 시간이 걸리지 않았다.

한 번 뿌려진 씨앗은 아무리 시간이 흘러도 사라지지 않는다. 그 사실은 자신의 몸이 가장 잘 기억하고 있다.

이제부터 조금씩 예전의 나에게로 되돌아가볼까…….

뜨거워진 마음으로 영화관을 나와 거리를 걷는 동안, 앞으로 내가 해야 할 일들이 조금씩 보이는 듯한 기분이 들었다.

아버지와

『소년점프』

어릴 때는 매년 설날이 오면 우울했다. 학교라는 사회를 떠나 평소 마주하기 두려웠던 가족들과 온종일 붙어 있어야 했기 때문이다.

부모님과 형과 나, 네 식구는 사이가 나쁘다고 할 수는 없었지만 내가 어릴 때 아버지가 밖에서 남몰래 빚을 졌다(하긴 가족 모두가 그 사실을 모르는 건 아니었지만). 그런 일도 있고 해서 아버지는 집에서 술을 많이 마셨고, 집안 분위기가 늘 어두웠다.

설날에는 아버지가 식구들에게 오토소(한 해의 무병장수를 기원하며 설날에 마시는 술―옮긴이)를 한 잔씩 돌렸는데, 평소 존경받지도 못하면서 가장이랍시고 앉아 있는 모습이 연극 같았다. 매년 제발 빨리 지나갔으면 좋겠다고 바라던 공허한 시간이었다. 그사이 오토소는 니혼슈(쌀을 발효시켜 만든 일본의 전통술—옮긴이)로 바뀌었고, 식사를 마친 뒤에도 아버지 혼자 계속 술을 마셨다. 취하면 끄트머리에는 꼭 기분이 나빠져서 목소리가 점점 커졌다.

"요시오—!"

아래층에서 들려오는 소리에 귀를 막으며, 왜 이 따위 집구석에 태어났을까 싶으면서 당장이라도 어디론가 뛰쳐나가고 싶은 기분이었다.

아버지가 진 빚은 한신·아와지 대지진이라는 미증유의 재해를 계기로 예상치 못하게 해소되었다. 지진이 났을 무렵 형과 나는 이미 독립했고, 부모님은 그때까지 살던 집을 팔고 같은 고베 시내에서도 더욱 서민적인 마을로 이사를 했다.

그 작은 집으로 이사한 후 아버지는 완전히 딴사람처럼 부드러워져서 술을 마셔도 큰 소리를 내기보다는 자기 안으로 침잠하게 되었다.

술로 간을 해쳐서 입원한 아버지 병문안을 갔을 때, 아버지가 물었다.

"『점프』는 아직 읽고 있느냐."

『주간 소년 점프』라는 만화 잡지를 말하는 것이었다. 내가 어릴 때는 전철에서 잡지 읽는 사람이 꽤 많아서, 아버지는 매주 월요일 귀갓길에 전철 짐칸 위에 누가 놓고 간 『점프』를 가져오시곤 했다.

"안 읽어."

벌써 대학을 졸업할 나이가 된 나는 쌀쌀맞게 대꾸했다. 이렇게 오랜만에 만났는데 무슨 『점프』 이야기를 하나 싶었다. 그대로 말없이 있었더니 아버지는 "그 『점프』는 사실 내가 매호 돈 주고 샀었다……." 하고 털어놓았다.

"어어, 그랬구나……."

나는 그렇게 답했지만 아버지가 돈을 주고 샀다는 건 어렴풋이 알고 있었다(그렇게 매주 전철 짐칸 위에 놓여 있을 리가 없었다).

"이거 주워 왔다."

처음 아버지가 『점프』를 가지고 온 날, 나는 기쁜 얼굴을 하고 있었으리라. 누가 버린 주간 만화를 아이를 위해 가지고 왔다는 건, 아버지가 스스로에게 부여한 이야기 같은 것이었을지도.

　아버지는 자기 자식한테도 어떻게 대해야 할지 모르
는 사람이었다. 지금 생각하면 술을 마셔서 취하지 않고
서는 그 자리에 있을 수 없는 사람이었는지도 모른다.
나 혼자만 설날이 괴로운 건 아니었던 것이다.
　그러고 보니『점프』이야기를 할 때에도 나를 보지
않고 병실 창문 너머 산을 바라보며 말을 이어나갔다.

밝아오는 하루

고베와 도쿄, 후쿠오카, 히로시마. 이제껏 다양한 도시에서 새해를 맞았다. 어디를 가도 새해 아침은 고요하고 하늘은 높았으며 깨끗하게 맑은 날이었다. 아직 '맑음'이라는 단어도 알지 못했던 어린 시절, 이 세상에서 소리가 사라져버린 것만 같은 주변 분위기에 엄숙한 기분이 든 적이 있는데, 할머니가 돌아가신 것도 그런 새해 아침의 일이었다.

그해 12월 31일 밤, 늦게까지 텔레비전을 보다가 어느새 잠이 든 모양인지 눈을 뜨니 이불 속이었다. 한밤중에 멀리서 소란스럽게 복도를 달리는 소리나 사람들의 말소리, 자동차가 멎는 소리 따위가 들리는 것 같았는데, 크게 신경 쓰지 않고 다시 잠이 들었다.

이튿날 아침 잘 자고 일어났더니 어머니께서 오늘 아침에 할머니가 돌아가셨다는 이야기를 하셨다. 욕조에서 잠이 드셨다고 했다.

그 일이 있기 일주일 전쯤 나는 처음으로 혼자서 눈썹을 밀었다. 불량스럽게 눈썹을 똑바로 다듬는 게 당시 중학교 친구들 사이에서 유행했다. 낯선 내 얼굴을 본 식구들은 술렁거렸다. 늘 나를 보는 둥 마는 둥 하던 아버지가 내 얼굴을 빤히 들여다보더니 기분 나쁜 기색으로 자리를 떴고, 할머니도 나를 보자마자 당혹스러운 표정을 지었다.

"그런 짓은 그만둬라. 볼썽사나워."

할머니는 손자에게 상냥한 사람이어서 한 번도 나를 혼낸 적 없기에, 그런 말이 가슴에 사무쳤다. 할머니가 돌아가신 것은 그로부터 얼마 후의 일이었다.

새해가 막 밝았던 때라 장례식은 집에서 식구들끼리 치렀던 것으로 기억한다. 검은 교복을 입고 우두커니 서 있는데, 사람들이 내 얼굴을 빤히 쳐다보며 비난하고 있는 것만 같다는 생각이 들었다.

내가 못된 짓을 해서 할머니가 돌아가신 거다.

장례식을 치르는 동안 진심으로 그렇게 생각했는데, 이 세상에는 돌이킬 수 없는 일도 있음을 그때 처음 깨달았다.

어머니가 돌아가신 것도 몇 년 전 새해였다. 그전까지 쭉 병원에 있던 어머니가 연말에 일단 자택으로 오셨는데, 새해 아침부터 용태가 눈에 띄게 변하더니 그날 새벽에 돌아가셨다. 옆방에서 아내와 앞으로의 계획을 이야기하다가 그 시간에 어머니 방에서 갑자기 컥 하고 커다란 코골이 소리 같은 것이 들려서 무슨 일이 생겼음을 직감했다.

훗날 북 토크에서 의사인 이나바 도시로 씨의 이야기를 들을 기회가 있었는데, 사람이 죽을 때는 주변 공기를 다 삼켜버릴 듯 마시고는 세상을 떠난다고 한다. 어머니가 낸 소리는 그야말로 '모든 것을 삼키려다 숨이 끊어진 소리'였던 것이다.

어머니의 장례 절차를 진행해줄 사람을 기다리는 사이, 집에서 나와 바깥 공기를 조금 들이마셨다. 마침 날이 밝을 무렵이었다. 어머니 집은 언덕 중턱이라, 거기서 내려다보면 하늘과 마을 사이가 붉게 물든 모습이 보였다. 유심히 보니 그 새벽에 벌써 불을 켠 집도 있었다. 어머니는 돌아가셨지만, 그날도 같은 하늘 아래 다양한 인생이 움직이려 하고 있었다.

설령 그런 일이 있다 해도 인간은 그날을 살아내야만 한다.

바깥은 추웠지만 조금씩 밝아오는 하늘을 보고 있으려니, 차츰 용기가 솟았다.

저한테는 아무것도 없으니까요

며칠 전, 나이가 나보다 스무 살 넘게 많은 출판사 사장과 술을 마셨다. 여러 업종을 전전하며 버블 시대의 광란과 그 이후 퇴각 전투까지 경험한 그 남성은 돈 이야기를 한참 했다. 꽤나 긴 세월 동안 쌓인 적지 않은 상처를 느낄 수 있었다.

나는 젊었을 때부터 늘 가슴 한구석에 인생을 열심히 살지 않은 게 아닐까 하는 미심쩍은 마음이 일종의 강박관념처럼 있었다. 그랬기에 "호오, 그렇습니까?" 하고 맞장구를 치면서도, 그가 겪은 위기나 그가 가진 욕망과는 아무 상관 없이 살아온 내가 나약하게 느껴져 왠지

모를 열등감이 들기도 했다.

"이렇게 친한 사이가 되었으니 하는 말인데, 처음에 당신을 봤을 때는 참 고생을 모르는 말간 얼굴이다 싶었어요."

나이는 그냥 먹는 게 아니다. 본질을 꿰뚫어 보는 눈이 생기니 말이다. 고생을 모르고 살았을 것 같다는 소리를 들은 게 그때만은 아니었다. 어느 장례식장에서 처음 만난 먼 친척도 나를 보자마자 "너는 참 행복해 보이는 얼굴을 하고 있구나."라고 했다.

"아닙니다, 이래 봬도 나름대로 매일 고생하고 있는데요……."

쓴웃음을 지으며 항변했지만 그가 말하는 고생이란, 예를 들어 집에 내일 당장 먹을 쌀이 없는데 이를 악물고 견뎌냈다는 종류이리라. 굳이 그런 인생을 과시하지 않더라도 얼굴 하나로 인간은 자신이 살아온 길을 증명할 수 있다.

서점에는 자비 출판한 책을 진열해달라고 찾아오는 사람도 있다. 한 여성이 가져온 일러스트 화집은 슬쩍 보기만 해도 알 수 있는 유명 작가가 떠오르는 화풍이었지만, 그 작가만의 치명적인 독성이 보이지 않았다.

자비 출판이라고는 해도 서점에 둔다면 상업 출판으로 여겨질 것이다. 당신을 모르는 누군가가 이 책을 손에 들었을 때, 무언가 느끼게 만드는 강력함이 부족하다고 생각한다. 나는 그렇게 솔직하게 말했다. 알 수 없는 정적이 2초 정도 흐른 뒤 여성이 말했다.

"저한테는 아무것도 없으니까요……."

나한테 하는 말이라기보다는 자기도 모르게 튀어나온 말처럼 들렸기에 한층 절절하게 들렸다.

"책을 봐주셔서 고맙습니다."

여성이 서점을 나가고 한참 작업을 하는 동안, 일어난 일은 기억나도 여성이 어떤 얼굴을 한, 어떤 인물이었는지는 어느새 잊고 말았다.

자기가 아무것도 아니라고 느끼는 인생이 현실적인 고생을 안고 사는 인생보다 가벼울까. 분명한 것은 인생의 시간도, 그 결과로 나타나는 얼굴도, 모두 공평하게 주어진다는 것뿐이다. 나도 그 여성과 마찬가지로 '아무것도 없는' 쪽 인간이기에, 그런 불안과 고민을 어느 정도는 이해한다.

아무것도 아닌 자신을 계속 지켜보다 보면 무언가 기다리고 있는 것을 만나게 될까. 모르긴 해도 우리처럼 인생이 미심쩍은 사람들은 빤히 잘 아는 지루한 자신과 함께 오늘을 살아가는 수밖에 없다.

갈
곳
없
는
어
른

        서점 근처에 '공터 공원'이
라고 불리는 넓은 공원이 있다. 서점이 쉬는 날 저녁에
그곳을 지나다 보면 인근 젊은 엄마들이 아이들을 데리
고 나와 놀게 하는 모습을 자주 본다. 그 옆을 걷다가 문
득 멀리까지 와버렸구나 하는 생각이 들 때가 있다.

    It is the evening for the day

    I sit and watch the children play

    Smiling faces I can see but not for me

    I sit and watch as tears go by

                  —「AS TEARS GO BY」

롤링스톤스의 곡을 알고 있었기에 눈앞의 광경에 감동했는지, 눈앞의 광경에서 알고 있는 곡을 떠올린 것인지는 확실치 않다(알기 어려운 문제다). 하지만 그 곡이 머릿속에 흐른 순간, 감정에 휘둘리지 않기 위해 곧바로 그 자리를 떠났다.

흘러가는 시간 앞에 인간은 너무도 무력하다. 인생을 거슬러 올라가 새로 시작할 마음은 없지만 "그땐 그랬어야 했어." 하고 자신을 책망하는 목소리가 그림자처럼 아무리 도망쳐도 따라붙는다.

눈앞에서 무심히 놀고 있는 아이들은 다행히 아직 그런 목소리를 들을 일은 없다.

얼마 전 출간된 『누구에게나 친절한 교회 오빠 강민호』(일본어판 사이토 마리코 옮김, 아키쇼보 2020, 한국어판 문학동네 2018)는 '그래, 맞아, 나는 이런 소설이 읽고 싶었지.'라는 생각이 절로 들게 하는 단편집이었다. 몇 편의 이야기에는 작가 이기호 본인을 떠올리게 하는 소설가가 등장하는데, 그들은 모두 그렇게 되고 싶은 자신의 이상을 가지고 있으면서도 생각대로 되지 않는 현실에 안절부절못하며 휘둘린다.

누군가의 고통을 이해해서 쓰는 것이 아닌, 누군가의
고통을 바라보면서 쓰는 글. 나는 그런 글들을 여러 편
써왔다.

—「한정희와 나」

인간은 눈앞에 존재하는 실제 타인을 어디까지 이해
할 수 있을까. 그것은 작가이기 이전에 인간으로서 그에
게 뿌리내린 문제의식처럼 보인다.

왠지 남의 일 같지가 않아서 이력을 보니, 나와 같은
1972년생이었다. 어느 정도 인생에 익숙해졌지만, 여전
히 예기치 못한 일들로 혼란을 겪는 나이. 내가 상상한
삶의 방식과 지금이 다를지도 모르지만, 어떻게든 이대
로 해나가는 수밖에 없으리라……. 다채로운 작풍 끝에
멀쩡한 어른이 우왕좌왕하는 모습이 마음에 남았다(그
런 광경은 없었을지도 모르지만).

나는 아이가 없어서인지 서점에 오는 어린아이들과
이야기할 때면 지금도 얼굴이 긴장된다. 그럴 때면 내가
인간으로서 무력하게 느껴지는데, 뭔가 조금 부족한 듯
한 그 기분은 무엇일까.

지나간 것들

145

급수 탱크의 오후

지금은 아니지만 한때는 거리를 걷다가 빌딩이나 맨션이 보이면 고개를 들어 옥상을 보는 버릇이 있었다. 사람들은 이상하게 생각할 테지만 나는 거기서 급수 탱크를 찾았다.

학생 시절 마지막 해에 졸업까지 아직 시간이 있어서 한가한 날이면 시모오치아이에 있는 내외학생센터로 가서 일용직 아르바이트를 구했다. 대부분은 건물 철거나 이사 보조 같은 육체노동이었는데, 가끔씩 특이한 일자리도 있었다. 급수 탱크 청소 아르바이트도 거기서 찾았다.

　맨션 옥상 같은 곳에 설치된 급수 탱크의 물을 빼고 (완전히 다 뺄 때까지 시간이 걸린다), 안으로 들어가 브러시로 구석구석 닦은 뒤 다시 물을 채운다. 세상에 그런 일이 존재할 줄은 상상도 못했지만, 수요가 꽤 있는지 일이 들어오면 오전에 한 번, 오후에 한 번, 탱크를 닦았다. 끝나면 시간과 상관없이 거기서 작업이 종료되는 것도 편했고, 몇 번인가 했더니 학생센터를 통하지 않고 업체에서 직접 나에게 연락이 왔다.

　회사가 기치조지에 있다 보니 작업은 거기서 남쪽으로 향하는 게이오센이나 오다큐센 선로를 따라 자리한 동네로 가는 경우가 많았다. 이들 주택가는 당시 내가 살던 동네보다 훨씬 더 밝아 보였다. 탱크 뚜껑을 열고 밖으로 나오면 하늘이 무척 넓어 보였고, 모르는 동네에 있는 집들의 옥상이 끝없이 펼쳐진 광경을 볼 때면 기분이 좋았다.

　하루는 언제나처럼 탱크 안을 청소하고 장비들을 챙겨 차로 나르려는데, 비상계단으로 향하는 입구 옆에 인기척이 느껴졌다. 문득 시선을 그쪽으로 돌리니, 중년 남녀가 끌어안고 하나가 되어 있는 모습이 보였다.

"아앗!"

큰 소리를 낼 마음은 아니었는데 그런 곳에 사람이 있을 줄 생각하지 못했기 때문에 나도 모르게 소리를 지르고 말았다. 두 사람은 그대로 꼼짝도 하지 않았고, 여성의 주름진 손이 남성의 널따란 등을 꼭 끌어안고 있었다.

"죄송합니다!"

서둘러 비상계단을 내려와 주차장까지 가서는 먼저 차로 돌아가 있었던 작업 책임자(K라고 해두자)에게 장비를 건넸다. 아직 젊은 K 씨는 정식 사원은 아니었지만, 책임 역할을 맡고 있는 모양인지 종종 나와 함께 일을 했다. 자기가 먼저 무슨 말을 꺼내는 타입은 아니었지만 일하는 데 군더더기가 없이 정성스러워서 같은 팀이 되는 게 좋았다.

"그런데 아까 말이죠⋯⋯."

한참 차를 타고 가다가 운전하던 K 씨에게 아까 본 남녀의 이야기를 했다. 말없이 듣고 있던 그는 그런 사람들을 보지 못했다고 했다.

"흠, 그래도 누가 있으면 눈치를 챌 텐데. 옥상에서 사람을 마주칠 때마다 항상 깜짝 놀라."

그러더니 자기는 어떤 아주머니를 봤다고 했다. 위험하니까 내려가시라고 해도 한사코 급수 탱크 옆을 떠나지 않았단다.

"형사 드라마 보면 범인이 옥상으로 쫓기잖아. 탱크 주변은 어쩐지 그런 장소 같아."

내가 목격했던 중년 남녀도 무언가로부터 쫓기고 있었을까. 이제는 알 턱이 없지만, 그 거칠었던 절박함이 지금도 생생하다.

인터넷으로 검색해보니 수질이나 유지 관리 문제로 요즘 새로 짓는 건물에는 급수 탱크가 거의 없고 오래된 맨션에나 겨우 남아 있다고 한다.

어
느
꿈
에
얽
힌
이
야
기

매년 수차례 꼭 꾸는 꿈이
있다. 세부 상황은 꿈 때마다 조금씩 다른데 내용은 항
상 같다. "조사에 따르면 당신은 대학을 졸업하지 않은
것으로 밝혀졌으므로, 오늘부터 부족한 수업 단위를 모
두 들어야 한다. 직장도 그만두고 졸업할 때까지 매일
대학에 나와라." 누군가가 내게 이렇게 말하는 꿈이다.

그 말을 듣고 이제 어쩌나 우울해할 즈음 늘 잠에서
깬다. 한동안 멍하니 있다가 주위를 둘러보면 "아아, 오
늘도 서점에 가면 된다. 대학에는 안 가도 돼." 하는 안
심이 드는데 몸은 여전히 식은땀으로 축축하다. 왜 이런

꿈을 꾸는지 짐작 못 하는 바는 아니지만, 그걸 알고 있다고 해서 이 꿈이 나를 떠나가 주는 것은 아니다.

나는 대학에 들어가기는 했지만 수업을 거의 듣지 않았고, 입학식이나 졸업식에도 가지 않았다(졸업식 날, 호찌민에서 베트남 쌀국수를 후루룩거리며 '아, 오늘 졸업식인가.' 했던 기억이 난다). 정말로 대학을 다녔다는 실감이 없다. 대학가 식당이나 헌책방, 학교 근처에서 했던 아르바이트처럼 주변 기억은 선명한데, 정작 중요한 수업 내용은 쏙 빠져 있다.

하지만 졸업은 하고 싶었기 때문에, 시험 날은 어디선가 돌아다니던 노트를 복사해 시험 준비를 했다. 세미나도 첫날 오리엔테이션 이후에는 한 번도 나가지 않고, 논문은 찾을 수 있는 자료를 그러모아 쓸 수 있을 만큼 써서 교수실 우편함에 넣었다.

말하자면 죄송합니다, 죄송합니다, 하고 보이는 사람마다 고개 숙여 사죄하고 싶은 '졸업'이었는데, 매번 꿈에까지 나오는 걸 보면 그때 그 떳떳하지 못함이 쭉 마음에 남아 있는 것이리라. 당당히 가슴을 펴고 말할 수 있어야만이, 훗날 인생에서 도움이 된다는 것은 진실이다.

　벌써 10년도 더 지난 일인데, 졸업증명서를 어디에

151

내야 할 일이 생겨서(무슨 용건인지는 기억나지 않는
다. 어쩌면 그것마저 꿈이었는지도 모른다) 대학까지
간 적이 있다. 그때는 도쿄로 돌아와 있을 때라서 아내
와 함께 학교에 갔다. 아내는 강당을 보며 "우아, 엄청
크네. 역시 후쿠오카하고는 달라." 하고 감탄했지만, 나
로 말할 것 같으면 정말로 졸업증명서를 발행해줄지 내
심 불안했다.

결론부터 말하자면, 졸업증명서는 금세 나왔다. 내가
학생일 때는 없었던 현대적 사무실에서 번호표를 뽑고
대기하고 있으니, 직원이 오래 기다리셨다면서 졸업증
명서를 건네주었다. 동사무소에서 등본을 뗄 때처럼 간
단했다.

"잘됐네. 이제 갈까?"

아내의 말에 금세 현실로 돌아왔지만 아직 반신반의
상태였다.

"여기가 텔레비전에서 자주 소개되는 S식당, 이 길은
코미디언 다카기 부 씨의 집이 있는 부 거리. 나도 몇 번
본 적 있어."

아내에게 그렇게 소개하며 역까지 걸었다. 아직 날이
쌀쌀했고, 가다가 본 적이 있는 태국 음식점에 들어갔
다. 옛날에 내가 알던 이름은 아니었다. 그때는 풍채 좋

은 태국인 아주머니가 장사를 했는데, 지금은 젊은 태국 남성 둘이 일하고 있었다. 두 점원은 쑥스러워 하면서도 "똠양꿍 라면 한 그릇!" 같은 말을 서로 주고받았고, 나는 실례인 줄 알면서도 희미하게 미소 지었다.

H
의
미
소

보통은 손님이 계산을 마치면 그대로 돌아가기 마련인데, 그 자리에 가만히 서 있다면 무슨 할 말이 있다는 신호다. 그 사람은 아직 초등학교에 들어가지 않은 아이 둘을 데리고 온 어머니였다. 일 때문에 온 것도 아닌 듯해서 어떤 사정인가 싶었다. 그러더니 잠시 후 "서점에 들어와서 마음이 편안해졌습니다. 좋은 시간을 만들어 주셔서 고맙습니다."라는 말만 남기고는 아이들을 재촉하여 돌아갔다.

세 사람을 배웅하는데 지인 H가 오랜만에 자기를 위한 책을 산다고 했을 때가 생각났다. 지역 방송국에서 일하며 영화에 관심이 많던 여성인 H는 학생 시절 진지한 사회학 책과 외국 문학을 즐겨 읽었기 때문에 그런 말이 의외였다.

역시 책은 참 좋네. 그러면서 H는 자기가 산 여러 권의 책을 다정하게 쓰다듬었다. 요즘에는 아이 그림책만 사니까……. 그러고 보니 요전에는 아이를 안 데리고 왔구나 생각하며, 그림책도 정말 다양해서 즐겁죠, 하고 넌지시 말했더니 "그렇긴 한데, 그래도 책은 나를 위해 사고 싶으니까." 하고 웃었다.

잠깐 커피도 마시고 갈래. 그러면서 H는 카페로 들어섰다. 그날은 다른 손님 없이 고요했고, 한 시간 정도 흐르자 H의 얼굴에 살짝 생기가 돌았다. 내가 아는 H의 모습이었다.

휴일에는 가능한 한 느릿느릿 자전거 페달을 밟는다. 보통 5분이면 가는 거리를 일부러 S자로 휘청휘청하거나, 중간에 멈추고 사진을 찍으면서 의식적으로 두 배는 더 천천히 앞으로 나아간다. 그러면 같은 길을 지나더라도 평소 놓치고 지나치던 존재를 깨닫게 된다.

자전거를 느릿느릿 탄다는 이야기를 굳이 여기 쓸 것까지는 없을지도 모른다. 하지만 그렇게 목적 없는 작은 움직임에도 자신의 전체성全体性을 회복하는 힌트가 숨어 있으리라.

서점이 본래의 자기를 되찾는 데 도움이 된다면, 마음이 내킬 때까지 천천히 시간을 보내며 머물기를 바란다. 해방된 H의 미소에는 지켜보는 나마저도 솔직해지는 자연스러운 힘이 있었다.

新型コロナウイルス感染防
関し、お客様へのお願い

・入店の際はマスクの着用、手指の消毒をお願いしま
　（内に設置しております消毒液、お手洗いもご利用

・少人数、短時間でのご利用をお願いします

・混雑の緩和
　（混雑時にはスタッフからお声がけする場合がござ

・お互い距離を取って、静かにご利用ください

ごゆっくりご利用くださいとはいえず心苦しく思い
ご協力をお願いいたします。
早く日常が戻ることを、心より願っております。

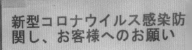

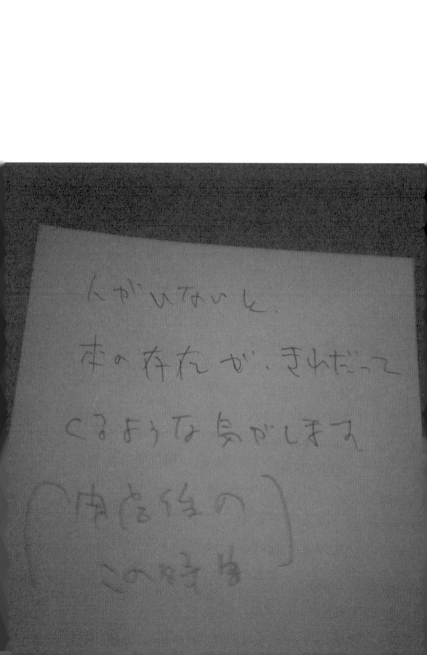

人がいないと、

本の存たが、きれだって

くるような気がします

（自と後の）

この時ね

팬데믹 시대의

서점

아침에 배달된 책들을 서가
에 꽂고, 셔터를 올려 서점을 열었다. 도로에 나가보니
벌써 봄이 성큼 다가와 오늘도 맑다. 올해는 결국 겨울
다운 날이 손에 꼽을 정도밖에 없었다.

살짝 포근해진 이 대기 중에 얼마나 많은 바이러스가
섞여 있을까. 아니, 꽃가루와 달리 대기 중에 떠다니는
것은 아닌가? 아무튼 우리는 바이러스가 있을 가능성
0부터 100 사이에 있으며, 누구도 자신이 어디쯤 있는
지 확실히 알지 못한다.

3월에 열릴 예정이던 행사는 총 여섯 개였는데 모두 취소되었고, 연기가 가능한 것은 연기하기로 했다. 얼마나 위험한지 알 수 없는 상황에서 무리하게 일정을 강행해 손님과 출연자가 모이게 만드는 일이 옳은 결정이라는 생각이 들지 않았다.

도쿄 외곽에 위치해서인지 아직까지 손님 수에 큰 변화는 없다. 아니, 그 말은 조금 불충분하다. 손님 수에 변화는 없지만 멀리서 일부러 찾아오는 손님이 줄고, 근처에 살지만 한 번도 찾지 않았던 손님이 늘고 있다. 다들 혼란한 와중에 평소와 약간씩 다른 행동 패턴을 보이고 있는 것이리라.

어느 날 아침, 잡화점에서 핫 팩을 사려고 계산대에 서는데 평소보다 두 배 이상 사람이 많아서 놀랐다. 나중에 인터넷 뉴스로 두루마리 휴지와 티슈가 품절이라는 소문이 돈다는 걸 알았다.

집에 가는 길에 같은 잡화점을 지나는데, 평소에는 길가에 가득 쌓여 있던 화장지가 가격표만 덩그러니 붙어 있을 뿐 하나도 남아 있지 않았다. 그 광경에 분개하기보다는 엄청난 무력감에 휩싸였다.

나는 이런 행위에 맞서기 위해 책을 팔고 있는 게 아

니었던가.

한 사람 한 사람이 생각하고 행동하기 위해서는, 그 사람을 위한 책이 필요하다. 아무리 멋을 부리며 이런 말을 해봐도, 눈앞에서 사재기하는 광경을 보고 있자니 내가 하는 일이 아무런 도움도 되지 않는구나 싶어 힘이 빠졌다. 텅 빈 화장지 선반을 멍하니 바라보며 문자 그대로 할 말을 잃었다.

패닉은 평소 감추어진 사회의 단절을 노골적으로 드러낸다. SNS에는 분노의 목소리, 체념의 중얼거림, 냉소적인 말들이 넘쳐났다. 단절은 단절, 증오는 증오를 낳는다…….

수많은 말들이 오고 가는 와중에, 말없이 그곳에 서서 언제나처럼 서점을 열어두는 것 외에 내가 할 수 있는 일은 없다. 일상을 지켜내면서도, 지금 일어나는 일에 눈을 감지 않아야 한다.

복잡한 것은 복잡한 채로 두고, 이 봄을 지내고 있다.

몸에 스미는 온기

지난 한 달 동안 서점에 오는 사람이나 업무 메일을 주고받는 사람끼리 서로를 염려하는 일이 늘었다. 서점도 요즘 많이 힘들죠? 저도 다음 주부터 재택근무라 우선 방 청소부터 해야 해요…….

확실히 3월은 힘들었다. 찾아오는 사람이 줄어들 거라고 생각했는데, 서점이 도쿄 외곽에 있다 보니 예상보다 손님이 늘었고, 온라인으로 한꺼번에 많은 책을 주문하는 사람도 잇달았다. 집 근처 도서관이 휴관하면서 아이들이 읽는 책을 사는 부모님도 늘었는데, 아무래도 다른 이유도 있는 듯하다.

예전에 센다이 'book cafe 화성의 정원'의 마에노 구미코 씨에게서 대지진 이후에 이와나미문고로 나오는 철학서가 많이 팔렸다는 이야기를 들은 적이 있는데, 요즘 팔리는 책을 보며 그 생각이 들었다. 이 기회에 읽어야겠다며 700페이지에 달하는 정신의학 책을 사 간 여성도 있었다. 이는 단순히 시간이 생겼기 때문만은 아닐 것이다.

비상시에 인간은 지금 당장 필요한 정보를 찾는 한편, 큰 목소리로 위협하거나 불안감을 부추기는 일보다 마음을 다스릴 수 있는 말을 필요로 한다. 그 여성은 소란스러운 상황에서 자신을 지키기 위해 부적처럼 그 책을 옆에 두고 싶었던 것이 아닐까.

3월 28일과 29일 주말에는 도쿄 도지사가 외출 자제 요청을 했다. 텔레비전으로 이탈리아를 비롯한 유럽 상황을 보며 코로나 바이러스 감염 속도에 공포심을 느꼈고, 일본도 같은 상황이 펼쳐지지 않으리라는 보장이 없었다. 현지에서는 보도 이상으로 절박한 사태가 벌어지고 있으리라.

이틀 동안 서점을 열지 말지 고민하다가, 결국은 이틀 모두 임시 휴업 했다. 서점이 열려 있는 것을 보고 든

든하게 생각하는 사람도 있겠지만, 멀리서 일부러 사람을 불러들일지도 모르기 때문이다(서점을 열어두는 것은 암묵적으로 '어서 오세요.'라는 메시지를 전하는 일이기도 하다). 서점을 열어두면서 '오지 마세요.'라고 하는 것도 말이 안 된다. 그때 나는 서점에 오려던 사람이 집에 있기를 바랐다.

다른 서점은 어쩌고 있나 싶어서 개인이 운영하는 다른 서점 트위터에 들어가 보니, 다들 각자 고민하면서 결단을 내리고 있는 듯했다.

개인 경영은 자유롭지만, 때때로 그 자유가 무겁게 느껴질 때도 있다. 무엇이든 내가 결정해야 한다. 설령 어떤 결단을 내렸다 한들, 다들 각자 스스로 생각하고 스스로 행동하는 일은 듬직한 면이 있다. 나는 혼자가 아니라는 생각에 기뻤다.

서점이 쉬는 동안 멀리서든 가까이서든, 생각지도 못했던 사람들이 온라인으로 주문을 해주었다. 무슨 메시지가 쓰여 있지는 않았지만, 물건을 산다는 것 자체로 메시지다. 누군가의 안부를 염려하는 말처럼 작은 목소리일지라도 마음이 떨리고 불안한 지금, 그 온기가 절실히 몸에 스민다.

그
또
한
하
루

현재(2020년 4월 1일) Title은 19시까지 단축 영업을 하고 주말은 임시 휴업이다(4월 9일부터는 당분간 쭉 휴업이다). 휴업이라고는 해도 일을 전부 쉬는 건 아니라서 결국 매일 자전거로 서점에 출근했다.

불필요한 외출은 자제하라는 당부가 있었지만, 서점과 집 주변을 보면 그런 절박함이 전혀 느껴지지 않았다. 공원에는 변함없이 사람이 붐볐고, 점심때 줄을 서는 우동집도 어김없이 줄이 늘어서 있다.

소시민 정서란 이런 것인가.

그 당당함에 잠시 웃음이 터져 나왔다. 서점을 쉬어서 다행이라고 생각했다.

서점에 있는 동안은 전할 말이 있는 사람을 위해 셔터를 반쯤 열어두지만, 그러면 안을 들여다보는 사람이 있다.

쉬는 날입니까, 도서 상품권을 사러 왔는데요. 오늘 쉬는 줄도 모르고…….

그 밖에도 책을 납품하러 오는 사람, 택배 기사님, 몇몇 사람들이 문을 두드리며 들어왔다. 그럴 생각은 없었지만 그날도 약간의 이윤을 손에 쥐었다.

인터넷 상점 주문서를 작성하고, 메일 몇 통에 답장을 보내고, 집에 가기 전에 그날 입고한 책을 정리했다. 무심하게 손을 놀리는 동안 내 안에서 무언가가 정리되었다. 매일 하는 일이지만 그날은 그게 그리워서, 다 마친 뒤에는 충만함에 가득 찼다. 이곳이 나의 서점이자 일터다.

밖으로 나가니 마침 해가 저물고 있었다. 이런 시절이 아니었다면 멋진 노을이라고 기뻐했을 터다. 해가 지기 전에 귀가했다면 괜스레 뒤가 켕겼으리라.

공원에 있던 많은 사람들이 모두 사라지고 없었다.

올해 벚꽃은 어느 틈엔가 피고, 사람들 모르는 새 저버렸다. 일생에는 그런 일도 있는 법이리라.

서점을 계속하는 힘

오늘도 해 뜰 무렵 눈이 한 번 떠졌다. 최근 두 주 동안 숙면을 취한 날이 손에 꼽을 정도다. 생활의 변화를 몸이 먼저 감지하기 때문이리라. 영업은 하지 않고 있기에 서점에서 작업하는 시간은 줄었지만, 집으로 가지고 오는 일이 오히려 늘어서 맺고 끊지 못해 늘어지는 시간이 길어지는 기분이다.

단골인 T 씨(아저씨)가 들어와 언제나처럼 문고본을 샀다.

"오늘은 영업을 하네?"

내가 아무 말 없이 계산을 하자 도리어 불안한 모양

이었다.

"서점은 휴업 중이지만 책을 사려는 분들에게는 팔고 있습니다."

왼쪽 셔터는 내려가 있고 공지문까지 붙어 있잖아요, 같은 말은 하지 않았지만 평소와 다르다는 것만큼은 전하고 싶었다.

"아아……."

뭔가 석연치 않다는 표정으로 T 씨는 서점을 나갔다. 약간 민망한 기분이 들게 만들었는지도 모른다.

한동안 안 오실지도 모르겠다.

이런 사소한 엇갈림이 마음을 자근자근 침식해간다. 사람들은 늘 각기 다른 생각을 하고, 다른 입장에서 행동하는데, 그걸 서로 모르는 척하고 지내는 것이리라. 이제 그 차이가 확실히 눈앞에 드러났으니 꽤나 괴로운 일이기도 하다.

지금 다양한 장소에서 이런 사소한 차이가 사람과 사람을 분리시키고 있다.

물론 서점 주인은 인간을 판단하는 위치에 있는 사람이 아니다.

그것은 누구나 마찬가지다.

고맙게도 인터넷 주문이 상당히 많이 들어와서 낮에는 카페 공간을 이용해 아내가 전표에 이름을 적고 에어캡을 자른다. 생각해보니 이렇게 둘이서 같이 작업하는 게 오랜만이었다. 이런 시간을 보낸 것은 서점을 열기 직전이니까 4년도 더 됐다.

하지만 누구를 위해서 문을 열어야 하나 알 수 없었던 그 무렵과 달리, 지금은 Title이라는 서점으로 일부러 이렇게 책을 주문해주는 사람이 있다. 잘 아는 사람, 이름도 얼굴도 기억하지만 자세히는 모르는 사람, 전혀 모르는 수많은 누군가…….

비상시에는 차이도 보이지만 이미 거기 존재하던 무수한 연결도 확실히 보인다. '커뮤니티'라는 말을 쓰지 않더라도 이렇게 보이지 않는 손으로 서점은 유지된다.

서점을 계속하는 힘은 결국 거기서 나온다.

누군가와 함께 있다는 것

　　　　　　　　대학 시절, 동아리 친구들과 야마나시현에 있는 긴푸산에 올랐다.

　긴푸산은 등산가들 사이에서 난이도 중급 정도에 해당한다. 아침에 야영장을 출발해 잡담도 해가며 몇 시간쯤 삼림지대를 걷다 보면, 돌연 전망이 탁 트인 산등성이로 길이 이어진다. 거기서 조금 더 정상 쪽으로 걸어가 동결 건조한 식품으로 간단히 점심을 먹고, '고조이와'라고 불리는 큰 바위에서 햇살을 받으며 낮잠을 잔 뒤 하산했다. 흔하다면 흔한 산행이었지만 돌아올 때 있었던 일이 인상 깊었다.

산길이 끝나서 찻길로 나와 주차장까지 내려가는데, 풍경의 변화가 있는 산길에 비해 지루하고 다리도 아팠다. 진짜 힘드네, 하고 옆으로 나란히 서서 내려오는데, 갑자기 한 학년 아래 A가 달리기 시작했다.

다들 무슨 일인가 싶어 빠른 걸음으로 그녀를 뒤따르다가 다른 누군가도 달리기 시작했고 그때부터 경주가 되었다.

"잠깐만, 다리 아프다니까!"

왜 달리는지도 알지 못한 채 깔깔대며 수십 미터를 달려가다 다들 헉헉거리며 바닥에 주저앉아 버렸다.

"뭐야, 진짜."

다 같이 웃으며 아무 말도 하지 않았지만 그때 A는 바로 위로 뻗은 나무를 보고 있었고, 나도 따라서 그 방향을 봤던 것 같다.

꽃 피는 계절이 지나고 새싹과 어린 이파리가 눈부시게 자라난 무렵이었다. 지금은 그것이 신록인 줄 알고 있지만, 당시에는 그런 것도 잘 몰랐고 이파리 사이로 쏟아지는 빛을 그저 하염없이 바라볼 뿐이었다.

"아아……, 정말 예쁘다."

A가 말했다. 다른 사람들도 그 나무에서 쏟아지는 빛을 멍하니 응시했다. 무언가 해야 할 말이 있을 것 같았

지만, A의 예쁘다는 한마디로 충분하다고 느꼈다.

쭉 거기 앉아 있을 수만도 없어서 잠시 뒤 누가 먼저 랄 것도 없이 일어나 다시 걸었다. 아무도 말은 꺼내지 않았지만 누군가와 함께 있다는 사실을 아까보다 더 확실히 느끼며 같이 걸었다.

지금 떠오르는 행복한 순간은 이때의 일이다. 돌이켜 보면 누군가와 함께 있다는 걸 그때처럼 자연스럽게 받아들인 적은 별로 없었던 것 같다.

내 안에서 종종 떠오르는 이날의 추억은 너무도 사소한 일이었기에 기억하고 있는 사람은 나뿐인지도 모른다. A와는 대학을 졸업한 후로 만나지 못했고, 별일 없다면 지금 후쿠시마에 살 것이다.

어째서 그런 기분이 들었는지 이제는 기억나지 않는데, 다 같이 있었기 때문에 행복했던 것이 아니라 혼자서도 충분히 만족한 상태에서 다른 누군가도 함께 있었기에 좋았다. 나는 혼자 있는 것을 사랑하는 사람이지만, 누군가와 이어져 있지 않다면 혼자 있는 것도 충분히 사랑하지 못하게 되리라.

사람과 관계를 맺는 일이 적어진 지금, 그 누군가가 없음을 절실히 느끼고 있다.

다시 문을 여는 날

　　　　　　　휴업 중에는 카페를 배송 작업장으로 쓴 터라 바닥에 상자나 종잇조각이 널브러져 있었고, 테이블에는 택배 전표가 쌓여갔다. 하지만 오픈 후에는 사람들 눈에 뜨이므로 구석구석 청소하고 마지막에는 물걸레질을 했다.

　인간은 어떤 상황이든 익숙해지기 마련이다. 요전에 주문을 받은 사람에게는 미안한 일이지만, 정리 중인 서점을 둘러보는데 잘도 이런 어수선한 곳에서 작업을 했구나 하고 스스로도 감탄했다. 종잇조각은 쓰레기통에 버려서 사람들 눈에 뜨이지 않게 되겠지만, 지난 한 달

동안 있었던 일들도 서점이 문을 열면 없었던 일처럼 까맣게 잊힐까.

쉬는 동안에도 희망하는 사람에 한해 안에서 책을 볼 수 있도록 했는데, 하루는 한참 서점에 있던 남성이 이런 말을 했다.

"서가를 보고 있는 것만으로도 어쩐지 마음이 편안해지네요."

그렇다. 나는 쭉 거기 있어서 당연하게 생각했지만, 애초에 책이 고요하게 꽂혀 있는 것만으로도 사람을 차분하게 만드는 힘이 있다.

모모가 다다른 시간의 나라처럼, 서점에는 일상에서 분리된 순환하는 시간이 흐르고 있다. 지금은 유난히 그 시간이 가슴에 사무치게 다가오리라.

그렇게 말하는 남성의 얼굴은 대단히 진솔해 보였다. 역시 책이 있는 공간은 널리 열려 있어야 한다.

서점을 다시 오픈하면서 기쁨보다는 두려움이 컸다. 아직 너무 이른 것이 아닌가 하는 걱정을 씻을 수 없었고, 지금 서점을 여는 걸 사람들이 이해해줄지 어떨지도 알 수 없었다.

마을에 상점을 여는 행위가 이토록 책임감이 따르는

일일 줄은 상상도 하지 못했다. 생각해보면 그 책임은 평소에 의식하지 못했지만 매일 갖고 있었으리라. 정말이지 이번 소동으로 평소에는 보이지 않던 것들이 잇달아 보이게 되었다. 좋은 일도 그렇지 않은 일도 구별 없이…….

서점을 열자 휴업 전과 마찬가지로 사람이 왔고, 휴업 전과 비슷한 책이 팔렸다. 사람이 가득 차면 어쩌나 했지만 쓸데없는 걱정이었고, 공간이 수용 가능한 인원 이상은 잘 오지 않는다는 것을 알았다. 잡지나 문고본 등 지난 한 달 동안 거의 팔리지 않던 책들이 팔리는 모습을 볼 때는 기뻤다.

"당분간은 시간이 좀 걸리겠지요."

요즘 아무나 붙잡고 그렇게 이야기하고 메일 마지막에도 덧붙이고 있는데, 그것은 사라진 열량에 대한 이야기였다.

이제껏 Title에 들어온 손님들은 아무런 걱정 없이 서가나 갤러리에 놓인 작품을 바라보고, 카페에서 천천히 시간을 보냈다. 손님과 하는 대화가 신이 날 때도 있고, 매달 몇 번씩 열리던 북 토크를 할 때면 이 공간이 더욱 깊어진다는 실감도 얻었다.

서점의 열량이란, 그처럼 조용히 물방울이 한 방울씩 떨어지듯 채워진다. 그것이 사라진 지금, 다시 조금씩 채워가야 하지만, 마스크를 쓴 비닐 커튼 너머로는 아무래도 제대로 되지 않는다.

설령 이 순간 그것이 필요하다는 걸 알고 있다 해도.

걸
으
며

생
각
하
다

　　　　　저녁 6시가 넘어도 밖은 아
직 밝다. 서점은 늦은 시간부터 붐볐고 책도 순조롭게
팔렸다. 하지만 그날은 그저 있는 그대로 기뻐할 수만은
없었다.

　긴급사태 선언 해제.

　그 말 자체가 어쩐지 연극처럼 들리지만, 이로써 모
든 것이 다시 움직이리라. 우선은 경제부터 시작해 수많
은 상점과 학교가……. 거리에 사람들이 돌아오고, 뉴스
에는 기쁨에 넘치는 사람들의 목소리가 보도될 것이다.

　물론 나도 이 상황이 어서 해결되기를 바라고, 가벼

운 마음으로 여행도 가고 싶다. 힘겨운 상황에 놓인 상점이나 사람들에게 일상은 하루빨리 회복되어야 한다.

하지만 한편으로는 잠시 멈춰 서서 조금만 더 생각해보자고 제안하는 사람도 있다.

마스크 재고와 신규 확진자 수, 새로 바뀐 생활양식 등 눈앞에 닥친 일들을 쫓느라, 찬찬히 생각해야 할 일들로부터 스리슬쩍 도망친 기분도 들었다. 어제까지 일어난 일들이 아무런 깨달음도 남기지 않고 갑자기 사라진다면, 그토록 소란을 피웠던 올봄은 대체 무엇이었단 말인가.

결국 우리는 한 가지에 대해 깊이 깨달을 수 있는 기회를 자기 손으로 놓쳤는지도 모른다.

나는 지난 두 달 동안 집에만 있을 수는 없었다. 이 기회에 책을 더 읽어볼까 살짝 기대했지만 그렇게 되지는 않았고, 같은 마을 안에 있는 서점과 집을 오갔다(이것은 평소와 다를 바가 없다).

하지만 예정되어 있던 행사가 사라지고 갤러리에서 여는 전시나 카페도 쉬게 되자, 사람에게 책을 건네는 이 일의 본질이 확연히 눈에 들어왔다.

인간이 살기 위해서는 빵도 필요하지만, 그것만으로

는 인간의 '생활'이라고 할 수 없다. 마음을 위로하는 무언가가 필요하며, 식탁에 번지는 커피 향이나 문득 눈을 사로잡는 그림과 꽃처럼, 없어도 되기는 하지만 없어서는 살 수 없는 것들이 인간을 인간답게 한다.

이 기간 동안 서점에는 많은 요청이 있었다. 자기가 원하는 책 리스트를 메일로 보내 우편으로 부쳐달라는 사람도 있었고, 돈만 보내며 나머지는 알아서 해달라고 하는 사람도 있었다. 50센티미터 정도 열린 셔터 틈으로 기어서 서점에 들어온 사람을 보았을 때는 놀라지 않을 수 없었다(운송회사에서 서명을 해달라고 들어온 경우였지만).

요청한 책들이 다 꼭 필요하거나 급한 것은 아닐지도 모르지만, 그래도 그 사람에게는 소중하고 살아가기 위해 필요한 책이라는 보람이 있었다. 한 사람 한 사람의 바람에 따라 책을 전하는 게 서점의 일임을 새삼 느꼈다.

사회는 다시금 달리고자 한다. 거기에 나는 약간의 저항이 있다. 지금은 일을 조금 천천히 하더라도 더욱 깊이 있게 책에 대해 알고 싶다. 무슨 태평한 소리냐고 한다 해도 내 속도에 맞춰 걸으며 생각한다.

그런 뿌리가 없다면, 나의 일이라고 할 수 없다.

미
처
못
다
한
말

서점을 다시 열고 시간이
흘러, 대학생이나 회사에 갓 입사한 젊은이들이 눈에 띈
다. 그러나 요령 있게 잘 해나가는 것처럼 보이는 사람
은 많지 않고, 그런 사람들은 대체로 한번 서점을 찾고
는 발길을 끊는다.

오히려 나는 어느 틈에 와서 서가에 꽂힌 책들을 혼
자 가만히 바라보고 있는 젊은 사람의 모습에 관심이 간
다. 그런 사람에게는 미래가 있다. 설혹 그 미래가 꼭 뜻
대로 흘러가리란 법은 없다 해도, 그들은 앞으로 누구에
게도 휘둘리지 않고 자기만의 인생을 살아갈 것처럼 보

이기 때문이다.

　하지만 실제로 그들과 이야기를 나눠보면 마음속에는 불안이 가득하다.

　"이렇게 하는 일 없이 시간을 보내도 될까요. 동급생 중에는 책에 대해 훨씬 더 많이 아는 사람도 있고……."

　그건 정말이지 틀린 말이 아니다. 세상에는 대단한 사람(혹은 그렇게 보이는 사람)이 많고, 그에 비하면 내가 아는 것이나 내가 하는 일은 어중간해 보인다. 어려운 책은 모르겠고, 그때 이렇게 했더라면 좋았을 텐데, 하고 20년이 지난 지금까지 미련을 못 버리는 일도 가끔 있다.

　아니, 이런 소리를 하려던 건 아닌데…….

　내 경우, 젊었을 때 쓸데없이 흘려보낸 시간이 이제야 되살아났다. 지금 이렇게 서점을 하는 것도 매일 하는 일 없이 서점이나 헌책방을 어슬렁거리며 입장료 한 번 내면 세 편의 영화를 볼 수 있는 명화 극장에서 하염없이 시간을 흘려보냈기 때문이다.

　인간은 시간을 들인 일만이 몸에 밴다. 물론 그것이 인생에 도움이 되는지 아닌지는 살아보지 않으면 알 수 없다. 내 경우는 어쩌다 운이 좋기는 했지만, 이런 일도 있음을 알아주었으면 좋겠다.

그러니까 내가 하고 싶은 말은, 목소리 큰 사람을 그리 신경 쓸 필요가 없다는 것이다. 모르는 말을 굳이 쓰려고 애쓸 필요는 없으며 자기와 맞지 않는 곳에 억지로 갈 필요도 없다. 조금은 멍하니 있는 편이 꿋꿋하게 오래간다.

계산대에서 미처 못다 한 말이라 여기 적어둡니다.

도라에몽사전

Title은 매년 초에 그해 쉬는 날을 미리 결정한다. 지금 수첩에 있는 달력을 보니 7월 21일부터 2주 동안 '휴업'이라는 표시가 되어 있고 모든 날에 크게 가위표가 그어져 있다.

원래는 이때 도쿄에서 올림픽이 열릴 예정이었다. 감동을 강요하는 분위기가 싫어서 재충전도 할 겸 도쿄를 떠나 어디서 오래 쉬다 올 생각이었다. 그러나 코로나 사태로 올림픽이 연기되었고 2주간의 휴가도 사라져서 결국 올여름은 도쿄에 있기로 했다.

어, 이상하네. 어느 역에서 전철을 잘못 탔나 싶은 생각도 들었다. 하지만 내가 볼 수 있는 풍경은 지금, 여기뿐이다. 내릴 예정이었던 역이 점점 더 멀어져 작아졌지만 이제 와서 내리고 싶다는 생각도 들지 않았다.

서점에 아는 사람이 올 때마다 "확진자 수가 진정되질 않네."라는 이야기를 한다. 분명 진정되지 않고 있는데, 이걸 어떻게 받아들여야 할까. 4월이나 5월보다 기분이 우울해져서 그런 내가 못 미덥다.

4월에 임시 휴업을 결정한 계기는 서점에 오는 손님의 얼굴이었다. 동작 하나하나에도 긴장감이 느껴졌고, 말하지 않아도 비상시라는 긴박함이 자연스레 몸으로 전해졌다.

이제는 서점에 오는 사람들의 얼굴을 봐도 무언가를 읽어낼 수는 없다. 그 대신 코로나 사태와 전국에서 일어난 수해, 변하지 않는 정치 등 한 번에 너무도 많은 일이 일어난 탓에 생긴 당혹감, 그리고 무력감을 읽을 수 있을 뿐이다.

그렇게 느끼고 있다는 것은 나도 거기에 휩쓸리고 있다는 뜻이리라. 앞으로 나아가고 싶어도 어디로 가야 좋을지 알 수 없다면 아무 생각도 하지 않고 자기 세계에 안주하는 쪽이 편하다.

만화판 『바람계곡의 나우시카』에는 마지막 즈음에 그런 온실 같은 평화가 등장한다. 그러나 나우시카는 거기에 머무르지 않고 다시 여행을 떠난다…….

　일요일. 한 어머니가 휠체어에 탄 아이를 데리고 찾아왔다. 초등학생을 위한 국어사전을 찾는다고 했다.

　"죄송합니다. 지금 서점에는 어른을 위한 사전밖에 없네요. 아이에게는 조금 어려울지도 모르겠습니다."

　"나 그런 사전 쓴 적 있어."

　"와, 정말? 잠깐 보여주시겠어요? 이건 아무래도 어려워 보이네요……."

　"나, 도라에몽 사전이 좋아."

　어머니는 살짝 웃으며 잠시 생각하더니 수업 시간에 당장 써야 하기 때문에 다른 서점에서도 찾아보겠다고 했다. 그래도 또 하나의 목적이었던 아이들을 위한 잡지는 있었던 모양이다.

　"다행이네. 자, 이제 갈까."

　휠체어를 밀고 그대로 역까지 가신다기에 모자에게 정말로 죄송한 기분이 들었다. 하지만 두 사람은 즐거운 듯이 대화를 이어가며, 친구처럼 서점을 나갔다. 두 사람의 등에는 분명 살아 있다는 느낌이 있었다.

여전히 계속해야 하는 일들이 많이 있다. 사고하기를 방치한 작은 세계가 마음 편할지는 몰라도, 거기서 밖을 내다보며 발걸음을 내딛지 않으면 안 된다.

어쩌다 우연히

최근에 시작한 드라마 「한
자와 나오키」를 보고 말았다. '보고 말았다.'라고 한 건
표정 연기나 이야기 틀은 재미있었지만, 은행은 인사가
전부라고 단언하는 시대착오적인 세계관에 위화감이
들었기 때문이다. 그럼에도 개인적으로는 그 대사에 애
틋한 그리움을 느꼈다.

부부 둘이서 일하는 지금은 인사라는 것 자체가 없
다. 직장인에게는 아무렇지 않은 척해도 속마음은 편치
않은 계절이 있다는 사실을 그 드라마를 보기 전까지 완
전히 잊고 있었다.

회사 다니던 시절, 나보다 세 살 많은 전도유망한 선배가 있었다. 책에 대한 지식도 풍부하고, 일도 무척 열심히 해서 조만간 높은 자리로 승진할 거라고 추측했다. 그런데 어느 날 회사를 그만두었다는 소식을 들었다.

어, S 씨가 어째서? 그때는 그렇게 생각했지만, 회사란 아주 이상한 곳이어서 그 후로도 책이나 일에 대해 애정이 깊은 뛰어난 인재들이 차례차례 그만두었다.

S 씨는 나중에 이케부쿠로에서 딱 한 번 만날 기회가 있었는데, 당시에 의료 기기 업체에서 일한다고 했다.

"그렇구나, 쓰지야마 씨는 아직 서점 일꾼이구나."

그는 그렇게 말하고는 웃으며 맥주를 따랐다. 책을 파는 일은 일반적으로 급여가 좋다고 할 수 없기 때문에 일에 대한 애착이 있어도, 어떤 이유로든 그만둘 수밖에 없는 사람이 많을지도 모른다. 지금 다른 세계에서 일하는 옛 지인의 이야기를 물었더니 다들 어쩔 수 없는 선택이었단다. 듣고 있는데 아무 말도 할 수 없었다.

어째서 그 사람들이 아니고 나였을까.

딱히 내가 아니어도 좋았겠지만, 지금 이렇게 자기 서점을 열고 책을 파는 일을 계속하고 있다. 회사를 나와 독립해서도 여전히 책을 팔 수 있었던 건 행운이 쌓이고 쌓인 덕분이라고밖에 할 수 없다.

　Title이라는 서점이 나 혼자만의 것이 아니라는 기분이 드는 이유는, 누군가가 이룰 수 없었던 꿈이라는 사실을 마음 어딘가에 담고 있기 때문인지도 모르겠다.

남겨진 '몸,

들뜬 목소리가 가파른 계단을 타고 내려왔다.

"어떻게 지내셨어요? 아무 탈 없으셨지요?"

특별한 대화는 아닐지도 모르지만, 그날은 남다른 울림으로 전해졌다.

"건강하셔서 정말 다행이에요……."

7월부터 2층 갤러리 전시를 재개했다. 서점이 휴업에 들어가면서 연기되었던 나카야마 신이치 씨의 기획을 시작으로, 8월에는 마찬가지로 연기되었던 이시야마

사야카 씨의 전시가 열렸다. 확진자 수가 진정되지 않아 어려운 시기였지만, 전시 중에는 두 분 다 방역을 철저히 지키면서도 가능한 한 갤러리를 지켜주셨다.

"많은 분들과 이야기할 수 있어서 마음이 놓였습니다."

하루는 서점 문을 닫은 뒤 나카야마 씨가 그렇게 말하며 웃었다. 누군가와 대화를 나눈다는 체험 자체가 신선하게 느껴진 이 시기, 실제로 작가와 이야기를 나누며 관람한 작품은 찾아온 사람들에게 특별한 경험으로 남았으리라.

손이 닿는 거리에서 누군가를 만나고 대화를 나누는 일은 인간이 가진 근본적인 욕구다. 나는 지난 몇 달 동안 온라인으로 몇 번인가 인터뷰를 했는데, 정말로 내가 하고 싶은 말이 전해졌는지 의문이 남을 때가 있었다.

말하는 목소리의 미묘한 떨림이나 한순간 얼굴에 떠오른 기쁜 표정. 우리는 평소 의식하지 못하는 동안 그렇게 온몸을 이용해 교감하고 있다.

화면 너머 대화는 말뜻이 전해진다 해도 몸 어딘가에서 나도 모르게 표현한 감정이 상대방에게 닿지 못하고 만다. 그런 무의식의 영역에서 흘러넘치는 감정이야말로 대화에 숨을 불어넣어 주었을 터인데…….

언젠가 Zoom으로 취재한 사람이 나중에 서점으로 찾아온 적이 있었다. 기껏 한참 Zoom으로 취재한 의미가 사라진다며 그때는 간단히 인사만 하고 돌아갔는데, 그 사람은 '몸'에 남겨진 말들을 읽어내기 위해 찾아온 것이 아니었을까 하는 생각이 뒤늦게 들었다.

코로나 사태로 사람과 만나는 일에 제한이 생기고 감염될지도 모르는 타인의 몸과 거리를 두게 된 지금, 우리는 상반된 감정에 놓였다.

만나고 싶지만, 만나고 싶지 않다.

고향 방문이나 친구와의 모임, 북 토크 참석 등 이제껏 크게 생각하지 않고 했던 일들의 의미를 하나씩 저울에 달아보며 결단해야 하는 상황에 내몰렸다.

그러나 아무리 정보 기술이 발달했다 해도, 우리는 여전히 몸에 매여 있다. 누군가를 직접 만나 이야기하고 싶은 마음은 몸이 절박하게 원하는 것이리라.

인간을 인간답게 만드는 '몸'을 억제하는 일이 과연 가능할까. 우리는 알 수 없는 그 틈 사이를 걸어갈 뿐이다.

다음 날도 다음 날도 또 그다음 날도

　　　　　　'상점을 열다', '상점을 이어
가다'라는 말이 있듯, 일반적으로 '상점'이란 인간의 의
지에 따른 산물로 알려져 있다. 그러나 오래 지속하는
상점을 보면 찾아오는 사람에 따라 달라지기도 하고 스
스로 형태를 바꾸기도 하면서, 그 상점 자체가 하나의
생명체처럼 살아가는 듯 보이기도 한다.

　최근 출간된 『교토 로쿠요샤 삼대 카페 일가』는 교토
가와라초 산조에 위치한 카페 '로쿠요샤'를 경영하는 오
쿠노 가문 삼대에 걸친 이야기다. 오래전 만주에서 돌아
온 창업자 마코토가 개업하고 싱어송라이터로도 유명

한 마코토의 셋째 아들 오사무가 독특한 분위기를 이어
갔다. 현재는 오사무의 아들 군페이가 지금 시대에 요구
되는 서비스를 모색하며 카페를 이어가고 있다.

시대 환경에 따른 개성과도 결부되는 대단히 재미있
는 책이었다. '가업'이란 이런 것이구나 하고 읽으면서
조금 부럽기도 했다.

나의 아버지도 조부가 고베에서 시작한 진주 사업을
2대째 이어갔었다. 전쟁이 끝나기 전까지는 판매가 괜찮
았던 모양인데(모토마치의 술집에서 많은 인도인에 둘
러싸여 떠들썩하게 노는 사진이 고향 집에 남아 있다),
전쟁이 끝나고 사업이 기울기 시작했고 내가 철이 들 무
렵에는 입 밖으로 말하지는 않아도 '어떻게 회사를 접을
것인가.' 하는 고민이 가족 모두의 머릿속에 있었다.

아버지는 집에서 술만 드셨기 때문에 일하는 모습을
상상하기 어려웠다. 매일 아침 정해진 시간에 집을 나가
저녁 식사 전에는 귀가했지만, 그사이에 어디서 무엇을
하나 싶었는데 딱 한 번 깊은 밤, 상점에서 진주에 실을
꿰고 있는 모습을 보았다. 홈이 여러 줄 파인 전용 탁자
에 진주를 늘어세우고, 말없이 옆에서 줄을 이었다.

"내일 예약된 상품이거든."

그때 아버지는 그렇게 말했다.

밋밋해서 숨이 막힐 것만 같은 작업이라도 부모님이 일하는 모습에는 어쩐지 자녀가 아무 말도 할 수 없게 만드는 힘이 있다. 아버지가 딴 사람처럼 보인 것은 그때 단 한 번뿐이었지만, 지금 생각하면 아버지가 일하는 모습을 더 보고 싶었다.

집 근처에 친구 부모님이 운영하는 이자카야가 있다. 어느 날 갔더니 안쪽 테이블에 장난감이 가득 쌓여 있었다.

"아이들이 왔나 보네요?"

친구는 아이가 둘이라 일이 늦게 끝나면 아이들이 가게 안쪽에서 놀면서 엄마를 기다리곤 했다. 가게 2층은 노부부가 사는 자택이었고, 아이들은 지금 그곳에 있으리라.

"맞아, 미안해. 지금 치울게."

그 이자카야는 부부 둘이서 벌써 50년 넘게 계속하고 있다. 바쁠 때는 친구도 도와주러 온다고 들었는데, 가게를 이어받을 생각은 없다고 한다. 그러나 손님들은 집 바로 옆에 이 가게가 있어 어쩐지 안심하고 있는 것처럼 보였다.

로쿠요샤처럼 유명한 가게도, 마을에 있는 이자카야도, 자영업 상점은 가족의 형태를 드러내 보여준다는 사실이 재미있다. 장사의 대부분은 정해진 작업을 계속해서 반복하는 단조로운 일이지만, 이를 통해 갈고닦을 수 있는 각각의 뭉근한 빛이 있다.

거센 파도를 가르는 배

지난주까지는 쭉 에어컨을 켰던 것 같은데, 며칠 사이에 확 추워져서 따뜻한 차가 절실해지는 계절이 되었다. 인간이 마스크나 페이스 실드를 쓰는 사이, 자연은 어느 틈엔가 변화하고 있다. 그 정확함이 올해는 어느 때보다 감사하게 느껴졌다.

2년 전 가을, 일 때문에 아오모리를 찾았다. 대형 태풍이 일본을 가로지르고 있을 때였다. 마침 도쿄로 돌아오는 날 새벽 무렵에 태풍이 아오모리를 통과했다. 토막잠을 자는 동안 오래된 호텔이 흔들거렸고, 창밖으로 땅이 울리는 소리가 세상이 끝날 것처럼 한참 들렸다.

이튿날 스마트폰을 보니, 부재중 통화 몇 건과 한 건의 음성 메일이 있었다. 익숙하지 않은 그 번호는 서점 근처에 사는 건물주의 것이었다.

"길 가던 사람이 경찰에 '서점 셔터가 바람에 뜯겨 덜렁거리고 있으니 어떻게 하는 게 좋겠다'라며 신고했다고 합니다. 마침 그 주변을 돌아보다가 경찰관이 흙 포대와 로프로 셔터를 고정시키고 있기에 이야기를 전해 들었습니다. 우선은 괜찮을 것 같으니 내일 경찰에 연락해서 흙 포대와 로프를 돌려드리세요."

전화가 온 건 새벽 1시였으니, 태풍이 아오모리를 지나기 네 시간 전 무렵이었나 보다. 건물주에게 전화를 걸어 감사 인사를 하고 아내에게 서점에 가보도록 부탁했다.

태풍이 지나간 오후, 서점으로 나가보니 나카무라 씨가 있었다. 나카무라 씨는 공사를 맡아 손수 작업을 하는 한편, 전기나 수도, 배관, 도배 등 필요에 따라 전문 업자를 불러주기도 한다. Title은 이 나카무라 아쓰오 씨에게 공사를 맡겼고, 그 뒤로도 건물 유지 보수가 필요하면 곧장 전화를 걸어 일을 부탁했다.

"이건 못쓰겠네. 바람 때문에 셔터가 찌그러져서 위까

지 올라가질 않아. 내가 아는 셔터 가게에 색이 약간 다르지만 비슷한 형태가 있으니 당분간은 그걸로 대신해."

기분 탓인지 나카무라 씨의 목소리가 들뜬 듯했다. 문제가 발생하면 타오르는 타입이다.

나카무라 씨에게 카페에서 차를 한잔 대접하는 사이 파출소에 전화를 걸었다. 그러자 이윽고 젊은 경찰과 베테랑처럼 보이는 남성 이인조가 찾아와, 순식간에 흙 포대와 로프를 정리했다. 젊은 경찰에게 물어보니 "오늘은 계속 이런 업무를 하고 있습니다." 하고 큰 목소리로 시원스레 대답했다. 그들은 그대로 돌아갔다.

비가 오는 날에도 바람이 부는 날에도 서점은 그곳에 있다. 천장에 격렬하게 똑똑 부딪히는 빗소리를 듣고 있으니, 이 오래된 건물 자체가 거센 바람에 맞서 나아가는 배처럼 여겨졌다.

무섭게 소나기가 쏟아지는 여름날 저녁, 마침 서점에 있던 여성이 불안한 표정을 지었다.

괜찮아요. 오래되어 가라앉을 듯 보여도 그렇게 쉬이 가라앉지는 않으니까.

그 마음이 전해졌는지 그녀는 되돌아가 카페 자리에 앉았다. 그곳에서 시간이 가기를 기다리려는 것이리라.

그 사람 안에 사는 소년

월요일 서점 문을 닫기 직전에 언제나처럼 큰 눈을 게슴츠레하게 뜬 K 씨가 찾아왔다. 그는 찾으러 온 책을 계산도 하지 않고, 한참 요통 이야기만 했다.

"그냥 뒤를 돌아본 것뿐이라니까요. 이 자세로 움직였는데 내 몸과 의식이 어긋나서……."

눈앞의 좁은 계단에서 진지한 얼굴로 재현하니 너무 우스웠는데, 이번에는 내가 요통에 걸렸다. K 씨 이야기를 우스워하며 제대로 듣지 않아서 벌을 받나 보다.

이야기를 제대로 듣지 않은 데는 이유가 있었다. 그

가 오기 한 시간쯤 전부터 서점에 요리 연구가 다카야마 나오미 씨와 화가 나카노 마사노리 씨가 있었다. 다카야마 씨가 꿈에서 본 이야기를 나카노 씨가 그린 그림책 『그 후 그 후』의 원화 전시가 막 시작한 터라 그림이 들어온 날부터 나흘간 두 사람이 거의 내내 서점에 나왔기에 그 영향으로 정신이 없었기 때문이다.

나흘 동안 다카야마 씨는 안쪽 카페에서, 나카노 씨는 2층 갤러리에서 손님을 기다렸다. 다카야마 씨가 일하는 사이 그 옆에서 아내가 언제나처럼 단골들과 이야기를 나누고, 각각의 시간이 평행으로 흘렀다. 때때로 누가 갤러리를 찾아오면 그때마다 다카야마 씨와 나카노 씨가 손님을 맞이했다.

설령 아무 이야기도 하지 않는다 해도 그곳에 있는 사람들 모두가 서로의 존재를 느끼며 무언가를 하고 있다. 누군가와 함께 산다는 것은 이런 모습이리라.

사흘째 아침, 나카노 씨가 약간 수심 어린 표정으로 곤충 도감을 샀다. 나카노 씨의 그림에는 메뚜기나 나비가 자주 등장해서 곤충을 좋아하는지 물었더니 조카한테 줄 선물이라고 했다.

"조카는 학교를 별로 좋아하지 않아서 쉬기 일쑤인

데, 곤충만은 좋아해서 쭉 쫓아다녀요. 직접 도마뱀도 기르는데 얼마 전에 알을 낳았답니다."

그렇구나. 나카노 씨에게는 아무리 시간을 함께 보내도 알 수 없는 부분이 있다고 생각했는데, 조카와의 관계를 듣고 보니 수긍이 가는 부분이 있었다.

소년과 같은 사람인 나카노 씨를 잘 모르겠다고 생각한 건 내가 소년이었을 적 기분을 잊고 지냈기 때문이다. 그러고 보니 나카노 씨가 그린 그림에는 벌레든 나비든 모두 집중하는 소년의 눈빛이 있다. 전시 첫날 "저, 쓰지야마 씨를 깜짝 놀라게 해드릴 작정이에요."라고 하며 모자를 벗었는데, 어깨까지 길렀던 머리칼을 모조리 자른 삭발이었다.

나카노 씨가 사는 마을은 고베에서 산 쪽으로 터널을 빠져나가면 있는 논밭이 넓게 펼쳐진 지역이다. 녹음이 풍부해 벌레도 잘 잡히리라. 남들이 하는 말은 신경 쓰지 않고, 아이는 좋아하는 것을 마음껏 하면 된다.

돌아갈 때 다카야마 씨가 갤러리에서 내가 찾던 아이 그림을 두고 "그 아이 눈은 쓰지야마 씨를 닮았어요."라고 했다. 기억이 나서 나중에 다시 찬찬히 보니, 그 아이에게서는 그 누구의 모습이라도 엿볼 수 있었다. 나카노

씨는 인간의 마음에 살고 있는 순수한 소년을 무의식적
으로 끌어낸 모양이다.

　나카노 씨가 그 후 보낸 메일에 정신없이 나비를 쫓
는 남자아이 사진이 첨부되어 있었다.

편가르는 말, 위로하는 말

미국 대통령 선거에서 조 바이든의 당선이 확실시됐다. 이 선거에 다들 꽤나 주목했던 모양인지 서점에 온 지인과 그 화제로 이야기를 나눌 일도 많았고, 손님들끼리 대화하는 것도 여러 번 들었다.

자국의 일이 아니기 때문일까. 일본에서 하는 선거보다 가볍게 정치 이야기를 하고 있는 듯하다. 젊을 때 이탈리아에서 일한 적 있는 K 씨는 '노인회'라는 모임에 다녀오는 길에 카페에 들러 동행인과 정치 이야기를 나누곤 한다.

서점에서 아저씨들끼리 이야기 나누는 광경은 희귀한 일이라(아주머니들끼리 이야기하는 경우는 종종 있다) K 씨가 누군가를 데리고 왔을 때 잠시 그 장소에 바람이 통하는 느낌이 들었다. 그러던 어느 날, 카페 쪽에서 기분 좋게 흘러나오던 이야기 소리가 조금씩 역정을 내는 듯 들리더니 K 씨가 먼저 자리를 나섰다.

"이만 가보겠습니다. 돈은 저 사람이 낼 거요."

K 씨는 그렇게 말하고 서점을 나갔다. 상기된 몸에서 와인 냄새가 훅 났다.

남겨진 아저씨는 아까까지 위세 좋게 풍채를 흔들며 이야기하더니, 혼자가 되자 갑자기 의기소침해 보였다. 그는 한동안 카운터에서 와인을 홀짝홀짝 마시고는 서가를 슬쩍 둘러보았다.

계산할 때는 시끄럽게 해서 죄송하다며 "이것도 사겠습니다." 하고 부끄러운 듯이 문고본 한 권을 내밀었다. 그때 나는 어쩐지 미소가 지어졌다.

투표일 며칠 후, 카멀라 해리스 씨의 연설에 마음이 동요되었다. 연단 위에서 그녀는 지성적이었다. 연설에는 강한 의지와 감정이 담겨 있었고, 상처 받은 사람에게 위로를 전했다.

최근 트위터를 보면 정치적인 뉴스에 다른 의견을 가진 사람이 야유와 폭언을 일삼는 경우가 있다. 그러나 그녀의 연설에 정면으로 반박하는 의견은 없었다. 그녀의 말이 비겁하지 않고 '용기'와 '공평'이라는, 아마도 인간이 지닌 최상의 미덕을 드러냈기 때문에 어두컴컴한 감정이 들어설 틈이 없었으리라.

마찬가지로 트위터 이야기인데, 작가 와다 시즈카 씨가 최근 내가 쓴 책을 소개하며 "이 책에 담긴 성실한 언어에 마음이 위로를 받습니다." 하고 거듭 언급했다.

그거다.

인간은 편을 가르고 인정 없는 말을 주고받는 사이에, 서로 깎아내리며 상처를 입히고 있다. 그럴 때 마음에 스며드는 것이 인간을 인간으로 대해주는, 진심에서 우러난 말이다.

세계는 SNS라는 창으로 볼 때보다 훨씬 더 넓다. 서점에서 다루는 책은, 언뜻 밋밋해 보여도 시간을 들여 성실히 꿰어낸 말로 채우고 싶다.

나에게 맞는 옷

세상에는 이토록 옷이 많은데, 어째서 나에게 딱 맞는 옷은 어디에도 없을까. 예전부터 그런 생각을 했다. 명확히 '고민'이라고 할 수는 없어서 깊이 생각해보지 않은 채로 시간이 흘렀지만, 최근에 교지 지에 씨의 『옷 이야기─입고 재봉하고 생각하고』라는 책을 읽고 내가 모르는 사이에 얼마나 옷에 대해 포기하고 살았는지 새삼 깨달았다.

교지 씨는 일에 쫓겨 우울감에 빠졌을 때 손수 옷을 만들어 입자고 마음먹었다. 수예점뿐만 아니라 곳곳에서 눈에 들어온 귀여운 옷감을 사 모아 자기가 입고 싶은 옷에 가까이 다가갔다…….

책에는 교지 씨가 자기 자신이나 어머니를 위해 만든 옷 사진이 다수 실려 있었다. 자유로운 바람이 부는 느낌이었다. 입으면 몸이 가벼워질 것 같았고, 보기만 해도 얼굴에 웃음이 지어졌다.

나는 회사에 다닐 때 정장을 입었지만 결국 정장과는 친해지지 못하고 끝난 기분이 든다. 무얼 입어도 "이게 아니야." 싶어서 정장을 입은 자신을 그다지 좋아할 수 없었다. 상의 재킷 대신 자주색이나 연한 회색 카디건을 입곤 했다(후배들이 '카디건 점장'이라고 부를 정도로).

당시에는 옷을 사기도 쉽지 않았다. 가게에서 한참을 고민한 끝에 돌이켜 보면 그다지 좋아하지도 않는 옷을 사서 돌아와 후회하는 한심한 기분이란.

최근 몇 년 동안은 세일을 하는 곳에도 가지 않았다. 고베 부모님 댁 근처에 Bshop 본점이 있기에 옷은 고향 갔을 때 한꺼번에 거기서 산다(이 가게에는 다른 지점에서 발견할 수 없는 재미있는 옷이 많아 자연스럽게 눈에 들어온다).

올해는 옷을 사고 싶은 마음도 거의 들지 않았지만, 늦가을에 고향에 간 길에 그 가게에 들러 정신이 나간 사람처럼 잔뜩 옷을 산 뒤 도쿄 집으로 보내달라고 했다. 집이나 서점에서만 지내는 생활로 인해 무언가 내 안에 억제되어 있었는지도 모르겠다.

옷이든 요리든 가까운 사람이 만들어준 것에는 마법과 같은 힘이 있다. 옛날에는 할머니가 짜준 스웨터보다 밖에서 사 온 기성복이 더 세련되어 보였지만, 요즘 가게에서 괜찮다 싶은 옷은 대개 어딘가 한 사람만의 고유한 특징이 느껴진다. 그리고 그런 옷을 입은 사람은 그 사람 자신으로 보이고, 전혀 억지스럽지가 않다.

서점에서 가끔씩 "책을 골라주세요."라고 요청하는 손님이 있는데, 그런 질문은 자기에게 맞는 책을 잘 모르겠다는 기분의 표현이리라. 그럴 때 손님들은 대개 불안해 보이고, 어찌할 바를 모르는 표정이다. 나도 옷을 고를 때, 그런 얼굴을 하고 있는지도 모른다.

서점을 차리고 정장을 입을 일이 없다 보니 지금은 옷으로 고민할 일도 거의 사라졌다. 손을 움직여 서점에 늘어놓은 책은 대부분 나의 연장선이라, 거기 있는 것만으로도 마음이 놓이는 덕분이다.

기린
소
나
무

한 해가 저물어갈 무렵, 세 들어 있는 점포의 계약을 연장하기 위해 근처에 있는 건물주 사무실을 찾았다. 부동산업자가 함께한 자리에서 계약서 두 통에 각기 날인을 했다. '조인식'이라고 할 것까지는 아니지만, 책을 파는 활동도 실제로 장소가 있어 비로소 성립하기에 도장을 찍을 때는 새삼 경건한 마음이 들었다.

"올해는 많이 힘드셨지요. 코로나로 이런저런 것들이 바뀌었으니까요."

절차가 끝난 뒤 집주인이 그렇게 위로해주었다. 그러

227

고 보니 매년 옆 건물에서는 이 마을 수호신인 이구사하치만구의 가을 마쓰리 동안 봉당에 임시 오미키쇼(신을 모신 가마가 쉬었다 가는 곳—옮긴이)를 만드는데, 올해는 그때 울리는 북소리도 들리지 않고 끝났다.

둥, 둥, 둥, 둥, 두두둥…….

소리를 듣는 것만으로도 잘하는 사람과 그렇지 않은 사람이 구분이 가는 모양으로, 잘하는 사람이 치는 소리는 윤곽이 분명하고 주저함이 없다. 서점 영업 중에 북소리가 들리는 게 처음에는 어색했지만, 익숙해지니 크게 신경 쓰이지 않았고, 이제는 그 소리가 들리지 않으면 계절이 돌고 있다는 실감이 잘 느껴지지 않는다.

5년 전, 처음 이 건물을 계약하러 왔을 때 나온 분은 지금 건물주의 아버지였다. 그때 이미 아흔 살은 넘어 보였다. 어쩐지 대인의 풍모가 느껴졌고 키도 컸으며 약간 시인 마도 미치오를 닮은 분위기였다.

"야, 자네 계획이 확실해서 좋았거든……. 그래서 자네로 결정을 했다네. 이름도 느낌이 좋고 말이야. 타이틀, 타이토루, 타이오 토루(일본어로 '도미를 잡다'라는 뜻―옮긴이)……. 그런 말 들어본 적 없나?"

아니요, 없는데요,라고는 차마 말 못 하고 헛웃음만
지었는데, 그런 뜻에서 결정해주었다니 Title로 지어서
다행이라고 생각했다.

계약을 마친 뒤, I 씨는 이 주변에 대해 이것저것 알
려주었는데(가부키 배우 ○○ 씨가 살았다, 옛날에는 이
근방에 서점이 있었다, 아무튼 참 좋은 장소가 아니겠나
등등), 그런 땅과 인연이 닿았다는 건 본디 도쿄에 연고
가 없는 우리 부부에게 든든하고 기쁜 일이었다.

I 씨와는 서점 앞에서 만났을 때 인사를 나눈 적이 있
는데, 오픈하고 얼마 후 모습이 보이지 않는다 했더니
갑자기 돌아가셨다.

나중에 아내에게 들으니 I 씨는 마지막까지 이 서점
을 마음에 들어하셨다고 한다. 너그럽게 웃으셨지만, 이
런 시대에 서점을 여는 일을 역시 걱정스러워하셨을지
도 모르겠다.

계약이 성사되고 공사를 시작한 어느 날, 주변을 산
책하는데 서점 뒤편에 기다란 소나무와 작은 사당이 있
는 걸 발견했다. 아마도 I 씨나, 그보다 훨씬 더 오래 전
선조가 거기에 사당을 모신 것이리라. 사유지여서 가까

이 가기는 주저되었지만 "앞으로 잘 부탁드립니다." 하고 멀리서 두 손 모아 합장했다.

그 커다란 소나무는 지금도 기린처럼 늘씬하게 서서 아래서 올려다보는 것만으로도 마치 I 씨를 보는 듯하다.

나는 이제 되돌아갈 수 없다

5월. 다시 서점 문을 열면서 카운터에 투명한 필름을 설치했다. 처음에는 필름 너머로 이야기를 나누는 게 좋든 싫든 변해버린 세상을 떠올리게 했지만, 지금은 그 존재를 의식하는 일이 거의 없다.

그런 일은 많이 있다. 아까까지 이야기를 나누던 사람이 헤어질 때 마스크를 쓰는 모습을 보고 아아, 그렇지, 하고 지금 상황을 떠올린다. 새로운 규칙은 습관처럼 몸에 익숙해지는데 무엇을 위해 그걸 해야 하는지 정작 중요한 것을 잊어버리는 듯하다.

무엇을 위해서?

현재 카페에는 대면하는 좌석을 두지 않고, 손님에게 간격을 띄워서 옆으로 앉도록 부탁하고 있다. 어느 날, 젊은 여성 둘이 카페로 들어가려 했는데, 대면 테이블 의자를 빼서 한 자리밖에 남아 있지 않았다.

"지금 두 분 자리가 없습니다."

아내가 그렇게 말하자 카운터에 있던 초로의 남성이 "마주 보고 앉을 수는 없는 겁니까?" 하고 물었다. 낙담하는 여성들을 가여워하는 표정이 역력했다.

"안 됩니다. 저희 방침은 그렇습니다."

아내는 그때 그 사람치고는 꽤나 강하게 말했다. '어째서'라는 기준이 흔들리기 시작할 때, 그 말을 입 밖에 내어 질서를 되찾는 것이 그 자리를 지키는 일이다.

당시 아내는 말로만이 아니라 몸으로까지 가로막았다. 그 사소한 일이 아직까지 또렷이 기억에 남아 있다.

오기쿠보는 도쿄이기는 해도 도심에서 서쪽으로 한참 떨어진 곳에 위치하고, 서점은 거기서도 더 걸어가야 한다. 올해는 대부분의 시간을 그렇게 외딴 곳에서, 집과 서점 사이 겨우 1킬로미터 내외에서 보냈다. 세상에서는 예년보다 소외되었지만, 그만큼 세상의 페이스에 휘말리지 않을 수 있었던 것은 좋았다.

식문화 사상사를 전공한 후지하라 다쓰지 씨는 현대 사회현상을 짚을 때 '자본주의'나 '파시즘' 같은 기존 용어를 쓰지 않고 '고속 회전'이 문제라는 독자적인 표현을 썼다(『생활자를 위한 종합잡지 밥상 6』에서).

잘은 몰라도 저기 끊임없이 '고속 회전'하는 녀석이 있다. 가까이 다가가면 휘둘리고 소모된다는 사실을 알지만 '더더'라는 욕망에는 인간을 움직이는 힘이 있다. 돌이켜 보면 내가 서점을 연 것은 인간의 의지로 억제할 수 없는 '고속 회전'에서 멀어지고 싶었기 때문인지도 모른다.

'책을 팔았다.'라는 실감이 강하게 남은 1년이었다. 평소와는 다른 위기감 속에서, 일 자체는 변함이 없었지만 생활의 의미가 차츰 선명히 떠올랐다.

사회가 잠시나마 쉬어가면서 자신을 새로이 응시하는 사람이 늘어났다는 느낌이 든다. 예를 들어 같은 책을 소개하는 말이라도 훨씬 더 깊고 멀리 닿는다는 실감이 있다. 마음먹은 대로 되지 않는 한 해였지만, 이것만은 좋지 않았을까.

코로나 사태 없이 예정대로 올림픽이 개최되고 고속

회전하는 세계에는 내가 설 자리가 없었으리라. 이제껏 해온 방식대로 서점을 열어도 좋은지 묻는다면, 결코 그렇다고 단언할 순 없는 내가 있다.

나는 이제 되돌아갈 수 없다.

작은 목소리, 빛나는 책장
―
후기를 대신하여

내 목소리가 남들보다 작다고 느낀 건 일을 시작한
지 얼마 지나지 않아서였다. 책을 파는 일에 뛰어들었지
만, 결국은 누구나 할 수 있는 여느 판매원에 불과한 게
아닐까 하는 의심은 아무리 시간이 흘러도 사라지지 않
았다. 크고 유명한 회사에 다니는 동창이 화려해 보인
것도 그즈음 일이었다.

"세 권에 2590엔입니다."

서점에 스웨터 차림으로 샌들을 신고 오는 손님을 무
기력하게 응대하는 일이 반복되었다. 그러다가 어느 틈
엔가 "뭐라고요?" 하고 되묻는 사람이 많아졌다.

원래 목소리도 작았겠지만, 그 무렵 나는 내 일에 대해 자신감이 전혀 없었다. 사람들이 되물을 때마다 하려던 말을 한 번 더 우물쭈물 대답했고, 그런 나 자신이 부끄럽고 싫었다.

내게도 할 수 있는 일이 있을까…….

녹록지 않은 현실을 실감하던 어느 날, 손님이 주문한 책이 너덜너덜한 상태로 입고된 적이 있었다. "이건 안 되겠네요." 그 자리에 있던 스태프 모두가 그렇게 말했지만, 그때 정식 사원은 나 하나였기에 내가 그 대응을 하기로 했다.

전화를 받은 출판사 남성은 거만했다. 전화를 건 사람의 아직 앳되고 미덥지 않은 목소리도 그의 태도에 박차를 가했을지 모른다.

"책에 문제가 있다면 도매상에 다시 보내라고 하지요. 시간이 걸리겠지만 지금 받은 책은 반품하면 됩니다."

그는 귀찮다는 듯이 말했다. 그 순간 내 안에 억눌러왔던 무언가가 폭발했다.

"당신네 책이 손님에게 전달할 상태가 아니기 때문에 이렇게 전화한 겁니다. 그 책을 읽으려는 사람이 있다는 사실을 생각해본 적 있습니까?"

내가 수화기를 들고 갑자기 큰소리로 화를 내자 주변

에 있던 스태프가 모두 놀라 나를 보았다. 그런 이야기를 그렇게 크게 말하다니, 나 자신도 놀랐다.

일에 대한 의식이 변화하기 시작한 건, 그 작은 소동이 있고 난 후부터였다. 큰 목소리를 내는 순간은 만일의 경우를 위해 아껴두어도 좋다. 그 책은 출판사가 직접 보내주기로 했고, 손님은 이튿날 무사히 책을 받아볼 수 있었다.

이 책에 실린 사진은 모두 사진가 사이토 하루미치 씨가 촬영해주었다. 이제껏 수차례 서점을 찍어주었는데, 움직이는 낌새가 없는 몸놀림이 야생동물을 떠올리게 한다. 정신을 차려보면 뜻밖의 장소에 서서 이쪽이 의식하지 못하는 표정을 찍는 그는, 나에게 정적 그 자체다.

그러나 그런 그의 몸 안에는 때로 스스로를 억누르는 외침이 소용돌이치고 있는지도 모른다. 청각 장애를 지닌 그가 사진이라는 자신의 '목소리'를 획득한 데는, 그만이 알 수 있는 피나는 체험이 있었으리라. 나중에 사이토 씨가 장애인 프로레슬링 단체 '독레그스'에 소속되어 있다는 사실을 알고 놀라기도 했는데, 서로 몸을 부딪치며 오가는 언어를 통해 해방되는 감정을 느꼈으리라 생각한다. 그의 사진 밑바닥에 밴 "지금, 여기 있다."라고 하는 까슬까슬한 감촉은 그런 격렬한 감정에 뿌리를 두고 태어나는지도 모른다.

"어느 날, Title 주변. 그런 이미지를 담아주시면 좋겠습니다."

촬영 전날, 사이토 씨에게는 그렇게 짧게 말했다. 사진은 2022년 4월 16일부터 사흘에 걸쳐 찍었는데, 건네받은 510매의 사진에는 놀랄 만큼 다양한 거리의 얼굴이 기록되어 있었다.

서점 영업시간은 정오부터 저녁 7시 반까지이지만, 그가 오기쿠보 거리에서 보낸 시간은 이른 아침부터 해가 저문 뒤까지였다. 사진가는 '빛'과 함께 살아가는 존재라는 걸, 사진을 보며 새삼 깨달았다.

사흘 동안 몸은 떨어져 있어도 쭉 그와 함께 있는 듯한 기분이 들었다. 비 오는 날 아침, 해가 드는 오후. 서점 창밖으로 보이는 바깥 경치를 바라보며, 사이토 씨는 지금 어디쯤 있을까 생각하며 일을 했다.

'내일 맑은 날 서점의 모습을 찍고 마치겠습니다.'

이튿째 저녁, 그가 건넨 메모에는 그렇게 쓰여 있었다. 내가 본 일기예보로는 내일 날씨도 그리 좋지 않다는데, 과연 맑을까. 그렇게 생각하며 헤어졌는데, 이튿날 아침 커튼을 여니 바깥 하늘은 새파랗게 개어 있었다. 그날 사이토 씨는 서점에 들어오지 않았지만, 아침 햇살을 받으며 새로운 하루를 맞이하는 거리와 서점의 모습이 사진에 훌륭히 담겨 있었다.

휴일. 다른 서점에 가보니, 필요 이상으로 목소리가 큰 책이 우선하여 놓여 있다는 걸 깨달았다. 기회만 있으면 수많은 사람에게 주목받고 다른 것들을 압도해버리고 싶다, 그런 자의식을 숨기려고도 하지 않는 책을 보면 내심 피곤해져서 축 처진 몸으로 서점을 나오게 된다.

서점이란, 책을 비슷하게 늘어놓는 듯해도 이렇게나 다른 성향의 공간이다. Title에 놓인 책은 목소리가 작고, 다른 책의 존재를 지워버리는 일은 없지만, 가까이 다가가보면 각기 무슨 말인가 중얼거리고 있는 듯하다.

누군가를 흉내 내지 않고 그 사람답게 쓰였다면, 사람은 자연히 그 목소리에 귀를 기울이게 된다.

그것은 서점을 계속하면서 내 안에 싹튼 신념이기도 하다. 한 권의 희미한 목소리를 놓치지 않는다면 그 서점에 놓인 책도 차츰 빛난다.

"저 서점 책장은 빛나네―"

서점에서 일하는 사람들끼리는 그런 대화가 자연스럽게 통한다. 한 권 한 권 손길이 닿은 서가에는 빛이 머문다. 그것은 책에 깃든, 우리 스스로의 작은 목소리다. 그저 책을 파는 일은 누구나 할 수 있을지도 모르지만, 서가에 빛이 머물게 하는 일은 애정이 가득 담겼을 때에만 가능한지도 모른다.

요즘도 손님이 내가 한 말을 되묻는 경우가 있다. 하지만 이제는 신경 쓰지 않게 되었다.

그 작은 목소리가, 나의 목소리이기에.

이 책이 독자의 손에 닿을 때까지 힘써준 모든 분들에게 고마움을 전합니다.

동네 서점이라는 말을 떠올리면 나는 단번에 서점 Title 앞에 서 있게 된다. 먼 서점을 나의 동네 서점으로 여기고 싶은 건 어떤 마음일까. 좋았던 서점을 매일 그려보고 싶은 마음이 아닐까. 나에게 서점 Title은 작은 목소리들이 울려 퍼지는, 누군가의 마음을 반드시 밝게 비춰주는 곳이다. 책이 보내는 말을 건네받고 곧장 요즘의 나를 읽게 되는, 마음이 조용하게 바빠지는 서점.

좋은 서점에서는 나의 근황과 지나치지 말아야 할 세상의 소식을 만난다. 책이 건네는 말을 들으러 서점을 드나들어야 하는 이유가, 이 부드러운 책 한 권에, 다음 날도 또 그다음 날도 문을 여는 점주의 뭉근한 일지에 고스란히 담겨 있다. 서점 안에는 책과, 그 책을 향하는 사람이 있다. 오늘도 어김없이 서점을 열었다는 소식을 만나며, 나의 마음속 선반에는 오늘의 빛이 들이찬다.

— 임진아(작가)

코로나19 덕분에 매일 서점 문을 열고, 서가를 정리하고, 손님을 만나고, 책을 입고하는 일상의 소중함을 깨달았습니다. 비대면, 거리두기 등 서점을 찾는 손님의 발길이 뜸하다는 핑계로 게으르게 서점을 운영하던 시기가 있었습니다. 돌이켜 보면 그 1, 2년의 시간이 휴식의 시간이기도 했지만 그 시간을 좀 더 의미 있고 알차게 보내지 못한 아쉬움이 남기도 합니다.

같은 시기 일본의 도쿄에서 서점을 운영한 쓰지야마 요시오 씨의 일상에는 그의 단단함이 잘 담겨 있습니다. 그에게는 서점 운영자로서 가져야 할 원칙과 기준이 바로 서 있습니다. 서점이 하나의 상업 공간이라는 가치 기준에 얽매이지 않고 보고 가야 하는 방향이 분명하게 드러납니다.

책을 읽고 나면 그가 세심하게 구성한 빛나는 책장이 선명하게 그려지고, 한 권 한 권 생명이 깃든 작은 목소리가 또렷하게 들립니다. 그의 서점과 서가는 때때로 길을 잃고 주저앉은 제게 나침반이 되어주고 작은 불빛이 되어줄 것입니다.

— 최세연(서점 '완벽한 날들' 대표)

이 책과 이어진 책

- 후쿠오카 신이치福岡伸一, 『동적 평형』動的平衡
- 루이지 기리Luigi Ghirri, 『루이지 기리의 사진 수업』Lezioni di fotografia
- 오오이 미노루大井実, 『로컬 북스토어 인 후쿠오카 북스큐브릭』ローカルブックストアで ある福岡ブックスキューブリック
- 프란츠 카프카Frantz Kafka, 『성』Das Schloss
- 기자라 이즈미木皿泉, 『그림자 로봇』カゲロボ
- 이와다테 유키오岩楯幸雄, 『고후쿠쇼보는 40년 반짝이는 서점이어야 해!』幸福書房の 四十年 ピカピカの本屋でなくちゃ!
- 다지리 히사코田尻久子, 『다이다이서점에서』橙書店にて
- 와카마쓰 에이스케若松英輔·시마다 준이치로島田潤一郎 외, 『책을 보내다』本を贈る
- 비스와바 쉼보르스카Wisława Szymborska, 『끝과 시작』Koniec i początek
- 히라카와 가쓰미平川克美, 『소상공인을 권하다』小商いのすすめ
- 아리모토 야요이在本彌生 사진 · 무라오카 도시야村岡俊也 글, 『곰을 조각하는 사람』 熊を彫る人
- 수전 손탁Susan Sontag, 『타인의 고통』Regarding the Pain of Others
- 와카마쓰 에이스케若松英輔, 『그래서 철학, 생각의 깊이를 더한다는 것』考える教室— 大人のための哲学入門
- 한나 아렌트Hannah Arendt, 『인간의 조건』Vita activa. Vom tatigen Leben
- 오쿠야마 아쓰시奥山淳志, 『뜰과 소묘』庭とエスキース
- 시라스 마사코白洲正子, 『쓰루카와 일기』鶴川日記

244

- 이시이 유카리石井ゆかり, 『달로 읽는 내일의 별점』月で読む あしたの星占い
- 이시이 신지いしいしんじ, 『마리아』マリアさま
- 오카노 다이지岡野大嗣, 『다야스미나사이』たやすみなさい
- 이나바 도시로稲葉敏郎, 『생명을 불러일으키는 것』いのちを呼びさますもの
- 이기호, 『누구에게나 친절한 교회 오빠 강민호』
- 야마자키 마리ヤマザキマリ, 『걸으며 생각하다』歩きながら考える
- 미야자키 하야오宮崎駿, 『바람 계곡의 나우시카』風の谷のナウシカ
- 게이한신 엘매거진京阪神エルマガジン社, 『교토 로쿠요샤 삼대 카페 일가』京都·六曜社三代記 喫茶の一族
- 다카야마 나오미高山なおみ 글 · 나카노 마사노리中野真典 그림, 『그 후 그 후』それからそれから
- 온유주温又柔, 『나와 당신 사이』私とあなたのあいだ
- 교지 지에行司千絵, 『옷 이야기―입고 재봉하고 생각하고』服のはなし―着たり、縫ったり、考えたり
- 미시마샤 편집부ミシマ社=編, 『생활자를 위한 종합잡지 밥상 6』生活者のための総合雑誌ちゃぶ台6
- 사이토 하루미치齋藤陽道, 『목소리 순례』声めぐり

쓰지야마 요시오

辻山良雄

도쿄 오기쿠보 서점 'Title' 책방지기.
1972년 고베에서 태어나 와세다대학교 정치경제학부를 졸업했
다. 대형 서점 리브로에서 20년 가까이 일하다 독립하여 2016년
1월 오기쿠보에 작은 서점 Title을 열었다. Title의 책을 손수 큐레
이션하고, 서평을 쓴다.『서점, 시작했습니다』등의 책을 냈다.

옮긴이

정수윤

언젠가는 어딘가에 작은 서점을 열
고 아름다운 문장들을 낭독하는 밤을 꿈꾸는 번역가.『인간 실격』
『봄과 아수라』『금색』『슬픈 인간』『처음 가는 마을』『밤하늘은
언제나 가장 짙은 블루』등을 옮겼고,『날마다 고독한 날』『모기
소녀』등의 책을 썼다.